国际获奖大作家系列

乒先生 和 乒先生

[德] 弗兰茨·扎乌莱克 著

[德] 艾丽诺尔·维斯 绘

胡 博 译

人民文学出版社 天天出版社

著作权合同登记：图字 01-2020-0172

Original title:
Author: Franz Zauleck
Illustrator: Elinor Weise
Title: Ping und Pong auf Kuckucks Balkon
Copyright: 2019 Verlagshaus Jacoby & Stuart, Germany
Chinese language edition arranged through HERCULES Business & Culture GmbH, Germany

图书在版编目（ＣＩＰ）数据

乒先生和乓先生 / (德) 弗兰茨·扎乌莱克著 ;(德) 艾丽诺尔·维斯绘 ; 胡博译. --
北京 : 天天出版社, 2021.4
（国际获奖大作家系列）
ISBN 978-7-5016-1695-4

Ⅰ.①乒… Ⅱ.①弗…②艾…③胡… Ⅲ.①儿童小说—中篇小说—德国—现代
Ⅳ.①I516.84

中国版本图书馆CIP数据核字(2021)第045976号

责任编辑：李悦琪　　　　　　美术编辑：丁　妮
责任印制：康远超　张　璞

出版发行：天天出版社有限责任公司
地址：北京市东城区东中街 42 号　　　邮编：100027
市场部：010-64169902　　　　　　传真：010-64169902
网址：http://www.tiantianpublishing.com
邮箱：tiantiancbs@163.com

印刷：北京博海升彩色印刷有限公司　　经销：全国新华书店等
开本：880×1230　1/32　　　　　　　印张：4
版次：2021 年 4 月北京第 1 版　印次：2021 年 4 月第 1 次印刷
字数：69 千字　　　　　　　　　　印数：1-15,000 册

书号：978-7-5016-1695-4　　　　　定价：27.00 元

版权所有·侵权必究
如有印装质量问题,请与本社市场部联系调换。

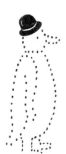

目　录

第 一 章

一位有着充满春天色彩的名字的老人🎩去买报纸，

他把硬币扔到零钱盘里，让它在盘子里跳了个舞。

这是一年中最热☀的一天，

但是🌴特内里费岛上正吹着凉爽的海风。

一个黑白相间的小家伙🎩

只说他的名字叫什么，却不说他是谁。

布谷先生有一颗善良的心♡，

于是这个故事就此开始→。

    一年前的八月十九日，快十一点的时候，一位老人走进了火车站大街尽头的一家小报刊亭。这位老人有一个奇特的充满春天色彩的名字——布谷，人们都叫他布谷先生。然而布谷先生身上并不是春天的嫩绿色，而是阴沉的灰色。他穿着灰色的裤子，灰色的外套，灰色的鞋，灰色的衬衫，还戴着一顶灰色的帽子。布谷先生拖着疲惫的步伐走进报刊亭，摘下帽子问候道："早上好。"他的问候声听起来也是灰色的。

    报刊亭的女店员蹲在柜台后面，正在清空底层货架。布谷先生没有看到她，只是听到了她呼哧呼哧的喘气声。他像往常一样，漫不经心地向放零钱的盘子里扔了一枚硬币——这是布谷先生的日常乐趣之一，他希望硬币掉落在盘子里，能转好几个圈，可并不是每次都能成功。今天，布谷先生很幸运，那枚硬币在盘子里转了一圈又一圈，发出欢快的叮当声。最后，看到硬币安安稳稳地躺在了盘子里，布谷先生说道："今天天气更热了。"

女店员把一大捆报纸搬到柜台上说道："天气预报说，今天是今年最热的一天。"

"今天才是八月十九号啊，"布谷先生说，"今年还长着呢。"

女店员用同情的眼光看了看布谷先生，叹了口气说："现在可是三伏天，是最热的时候了！您把钱收回去吧，没有报纸了。我要休假了！"

布谷先生环顾了一下报刊亭，才注意到所有报纸都从货架上消失了。"对不起，"他边说边拿起零钱盘中的硬币，"我看到门是开着的……"

女店员把食指放在嘴唇上，示意布谷先生不要出声。她踮着脚从柜台后面走到布谷先生身边，用眼神告诉布谷先生看一看报刊亭最昏暗的那个角落，她说："昏暗的光线对他有好处。"

布谷先生把目光聚焦在那个角落，在他的眼睛适应了昏暗后，他看到有一个黑白相间的小家伙正坐在摆放着口香糖和其他零食的货架前。

这个小家伙非常矮，身高也就半米。他戴着黑色的漆光礼帽，穿着一件黑色亮面布料做成的传统男士小礼服。他的面色雪白，配上一对纽扣眼和一个引人注目的大红鼻子，上面还架着一副墨镜，乍一看活像一只企鹅。可是他并不是一只企鹅，你再好好看看就知道了。

这个企鹅样貌的小家伙左手拿着一把带有白色波点图案的红色雨伞，右手紧紧抓着一个红色的笔记本，用它扇着风。当布谷先生的目光与这个小家伙相遇时，小家伙举起雨伞，像是在打招呼。布谷先生也用两根手指轻轻拍了拍帽檐，表示问候，然后问女店员："这位是……"

"他叫乓，"女店员回答，"短促又简洁的单字——乓。"

"乓？"布谷先生好像没听明白似的。

小家伙摇了摇头，出人意料地大声喊道："我叫乓先生！每次都要解释，真是的。永远不要忘了加上'先生'两个字！"然后，他用伞尖指着布谷先生问道，"您又是哪位呢？您叫什么？"

"你是在问我吗？"布谷先生还处在对乓先生会说话这件事的惊讶之中。

"是的，我是在问您！我不是在自言自语。"

这个自称乓先生的小家伙摘下墨镜，又一次用严肃的语气问："您是谁？您叫什么名字？您倒是说话啊！"

"啊……我是布谷先生。"布谷先生有些不知所措地回答。

"啊哈，您是布谷先生。那么您叫什么名字呢？"乒问道。

"我的名字就叫布谷先生，跟你一样，短促又简洁。"

"'我是谁''我的名字叫什么'这不是一个意思！"小小的乒先生用极具穿透力的高声调反驳道。

"为什么不是一个意思呢？"布谷先生问。

"'我是谁'和'我的名字叫什么'之间的区别比银河系还大！最蠢的人都知道这一点！"

布谷先生没想到这个小家伙竟然这么没礼貌："别用这种语气跟我说话，还没三块奶酪高的小家伙！"

但小家伙并没有丝毫收敛："'我是谁'和'我的名字叫什么'之间的区别比银河系还大！"

"那么，当一个人名字叫布谷先生的时候，他不一定就是布谷先生，你是这个意思吗？"

"您理解得很迟钝，但是很准确。拿我举个例子吧，"乒把伞举到空中，说，"我虽然叫乒，但这并不意味着我是乒。每个孩子都能明白这一点。"

"好的，名字是一回事，那么'我是谁'又是怎么一回事呢？"布谷先生问道。

"您是在问我吗？"乒问。

"我是在问你。能不能麻烦你好心地告诉我你是谁呢？"

布谷先生说道。

乒重新戴上墨镜，用甜美的声音说："不行，对不起，我没那么好心。"

布谷先生心中升起了一股怒火："你问我我的名字叫什么、我是谁，而你却不告诉我，你可真行啊！"

乒深吸了一口气，非常认真地看着布谷先生："首先，您并没有告诉我您是谁。其次，我现在还不能告诉您我是谁，"他用严肃的语气低声说道，"现在还不行，也许以后可以告诉您。请您耐心一点。现在，请您不要打扰我了，我得写点东西。在过去的一分钟里发生了很多事情。"乒呼哧呼哧地大声喘着气，笨手笨脚地把雨伞挂在椅子的靠背上，满脸严肃地从裤子的口袋里掏出一支铅笔。

他打开那个红色的笔记本，在里面写了些什么。写的时候，他边笑边喃喃自语："布谷，布谷，真是一个美丽的名字。"

"美丽？"

"如果重复两遍，那就更有趣了。布谷布谷，嘎嘎咕咕！没错！嘎嘎咕咕，布谷布谷！太有趣了！"乒大笑道。

"没你说的那么有趣。"布谷先生抱怨道。

"您说得对，"乒说，"现在感觉没那么有趣了。"然后，他闭上眼睛说，"今天是第四十天，"他的声音好像是从地窖里传来的一样，"第四十天！"这个声音听起来有些可怕。

布谷先生惊诧地盯着这个小家伙，乒窘迫地低头看着地板。

这时，女店员将一个纸箱拖进报刊亭，砰砰砰地把一捆一捆的报纸扔进箱子。

她一边干活一边问布谷先生："他很讨人喜欢，不是吗？"

"他很讨人喜欢。"布谷先生附和道。

女店员笑了起来，说道："您可以把他带走。"

"不了，谢谢。"布谷先生走到门口说，"我只想要一份报纸。"

女店员把纸箱拉到报刊亭的另一头，说道："可是他不能再待在这里了，我要休假了，明天早上我就去特内里费岛了。"

"那里也不凉快吧？"布谷先生说。

"特内里费岛上有清新的风，"女店员说道，"所以就算热了一点也是可以忍受的。您带他回去吧，他是个很友好的小家伙。"

布谷先生站在门口，看着乒说："他应该回他自己的家。"

"他没有家。"女店员说，"两个星期前，我在街上捡到了他。您真应该看看那时有多危险！他上蹿下跳，跑来跑去。如果不是我带他回来，他可能已经死了。那些大卡车轻松地就可以轧扁他。"

乒在一旁补充说："那一点也不好玩，还有狗，狗是最可怕的。"

"终于搞定了。"女店员将最后两捆报纸一起扔进了箱子，然后瘫坐在椅子上，擦去脸上的汗水，"他已经在我这里待了两个星期。没有人想要他。"

"没有人想要我。"乒举起笔，又开始在笔记本上写起来。

"其实，"女店员接着说，"他很好养活的，喂他吃鱼就行。"

"我只吃鱼！"乒强调说。

"只吃鱼？"布谷先生问，不过他对他们的回答并不感兴趣。他站在门口，思考着是不是趁这时候快点开溜比较好。

"布谷先生，"这时，小家伙喊道，"您有吸尘器吗？"

布谷先生向女店员投去求助的目光："他刚才说什么？"

女店员微笑着回答："他问您有没有吸尘器。"

"您有吸尘器吗？"乒执着地再次问道。

女店员又开始忙活起来，她一边干活一边解释道："布谷先生，您必须得回答他，不然他会一直问下去。"

布谷先生回答说："我没有吸尘器。"

乒大声叹了口气："可惜，可惜，太可惜了！"

"他很有趣，不是吗？"女店员问道，"只要您别让他觉得太热，您会很高兴有他陪伴在身边的。"

布谷先生仍站在门口，他问道："如果我不带他回家呢？"

女店员摊开两只手，摆出一个表示"我也不知道"的姿势："如果您不带他回家，那我也说不好了。这可怜的小家伙恐怕又要在街上游荡，很可能会被轧死。"

布谷先生看到那个小家伙捂着脸哭了起来。

"这个世界怎么会这样？"布谷先生愤慨地说。

"您还问这个问题！"女店员大喊道，"您每天都读报纸，里面描述的就是这样一个世界啊！"

布谷先生松开了报刊亭的门把手，问："您的意思是，我应该带这个可怜的小家伙回家？"

女店员笑了起来："您有一颗善良的心。这是一个很好的开始。"

"什么开始？"

"嘿，布谷先生，"女店员说，"您肯定知道什么是'开始'。"

第二章

绝对不可以说"企鹅" 🐧 这个词。
一场关于词和词典 📖 的讨论
因为话不投机不欢而散 🔨。

布谷先生住在 ④ 楼，再往上就能摸到 ✦ 天空了。
看，雨伞 ☂ 可以让你够到你自己够不到的地方；
听，他们正在讨论布谷先生 🎵 到底在不在这里 ☝。

火车站大街可以说是一条很破的街道，它又吵又窄又脏，
走在这里还很危险。夏天的火车站大街上闷热难耐，而冬天的
火车站大街上则寒冷刺骨。现在是夏天，火车站大街上正冒着
一股股热浪。

布谷先生小心翼翼地迈出报刊亭，抬头望着天空。太阳
直直地照在他身上，他像印第安人一样将左手举过眼睛遮着
太阳。

乒迈着小碎步走在他身边。他戴上墨镜，撑开红色的小
伞，说："这太阳真的是魔鬼！"乒把自己的右手放到布谷先生
的左手里。布谷先生把乒的伞往边上推了推，低着头对乒说：

"我们得靠右走。路不远，你就好好跟着我，这里太吵了。"
正说着，一辆大卡车飞驰而过，扬了他俩一脸灰，布谷先生的话被淹没在了巨大的噪声和无数的灰尘里。乒蹭了蹭眼镜上的灰尘，对布谷先生喊道："我觉得您好像是跟我说了什么，布谷先生，但是很可惜，我一句话都没听到，这里太吵了。"

布谷先生扶着房子的外墙气喘吁吁地蹲下来，在乒的耳边喊道："我说，你好好跟着我，小企鹅。"

乒把手从布谷先生的手中抽了回来。

"您刚刚是叫我企鹅了吗？"乒合上了雨伞，又把它打开，然后再次合上，狠狠地往人行道上一摔，砸到了布谷先生的脚。

"你干什么？"布谷先生问。

"我叫乒先生，"乒喊道，"乒先生！请您尊重我。我再也不想听到那个可怕的词了！"

布谷先生嘟囔着说道："但是人人都喜欢企鹅。"

乒很不高兴，他尖叫着："别再说了！不要再说那个可怕的词了！再说我就直接跳到飞驰的汽车前！"

"这个词每本词典里都有。"布谷先生温柔地解释，"我

没有想伤害你，乒先生。"他把手伸向乒。

"有一个小问题，请您不要生气，请问什么是词典？"乒问布谷先生。

"你想知道什么是词典？"

"我想知道您知不知道。"

"词典……嗯……就是一本书。"

"您也不是很确定。"

词典

"我非常确定。词典就是一本书，里面有所有的词。"

"所有的词？"

"所有的。"

"这不可能！"

"但确实是这样！所有的词，从 A 开头到 Z 开头的所有的词！"

"等一下。"乒从口袋里掏出了那个红色的笔记本，翻找了一番，然后问道，"那'绿色石油'这个词，词典里有吗？"

"我怎么知道？我又没有词典！"

"真有趣！您没有词典啊！"

"这有什么有趣的，你个小滑头！"

"您刚刚说，每本词典里都有那个可怕的词——您知道我说的是哪个词，而现在您又说，您没有词典，没有那本包含那个可怕的词的书，您不觉得这件事很有趣吗？"

布谷先生停住了脚步。他总是这样，一思考就会停住脚步，他没办法一边思考一边往前走。他摘下了帽子，用手帕擦了擦自己秃秃的头顶，然后喊道："我说那个词每本词典里都有，这并不意味着我这里有词典。要是我有一本词典，那我就会说我的词典里有那个词了。既然我说的是每本词典里都有，那么我有词典的这个假设，就显得有些草率和愚蠢了。"他喊得很大声，希望自己的声音不会被嘈杂的噪声淹没。

乒皱着眉头问："那我现在要是问您，这里离您的住所还远不远，会显得草率和愚蠢吗？这里实在是太热太吵了，我快要受不了了！我要是继续在这种高温下前行，可能会得重病，甚至更惨，可能会死掉。"

"乒先生不会这么快就死掉的。"布谷先生低声说道，然后戴上帽子，握住乒的手，带着这个小家伙继续前进。

太阳无情地灼烧着他们。尘土飞扬、嘈杂无序的街道上挤满了卡车和公共汽车。他们俩贴着房子的外墙往前走，只有偶尔遇到垃圾桶和狗的粪便时才会绕开。走了大约五十米后，他们来到了一条灰色的小巷。小巷被阳光分为了阴面和阳面，布谷先生和乒走在阴面。又往前走了一百米之后，布谷先生停下了脚步。"你看，没人死掉。"他看着楼门，意味深长地说道，"看，我们这就到了。"

乒突然害怕起来，布谷先生感觉到他的小手正在发抖。"为什么，布谷先生，您为什么要说这么奇怪的话？您是想吓我吗？"

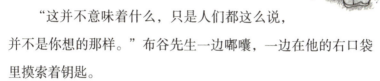

"我说了什么？"布谷先生诧异地问道。

"'我们这就到了'！您刚才说'我们这就到了'！这是不是意味着我们并没有到？"

"这并不意味着什么，只是人们都这么说，并不是你想的那样。"布谷先生一边嘟囔，一边在他的右口袋里摸索着钥匙。

"人们都这么说，人们都这么说！我很敏感，布谷先生，我真的很害怕。"

"这只是一种表达方式，请不要这么较真儿。"

"如果只是人们都这么说，那么人们也可以不这么说。"乒说道。

"你说得对，人们可以不这么说。"布谷先生肯定了他的说法，布谷先生终于在上衣的左口袋里找到了钥匙，他费力地打开楼门，说，"好了，小可爱，现在我们要爬楼梯了。我们得爬四层，再往上一点就要能摸到天空了。"布谷先生笑了笑，"我们这就到了，这就到了。"

"说'我们到了'就行了！"乓愤怒地说道，"您先是吓唬我，然后又嘲笑我。我很受伤，您要知道，我真的很受伤。"

布谷先生说："哎呀，乓先生受伤了！好了，我们开始吧！爬四层楼可不是开玩笑的。你能爬上去吗？用不用我抱着你？"

乓轻蔑地大声"哼"了一声。四层楼，开玩笑！这对老胳膊老腿的布谷先生来说可能非常困难，但是乓有他的雨伞和灵活的双腿，爬四层楼对他来说简直就是小儿科。四层楼，哈哈！

楼梯间里漆黑一片，闷热不堪。布谷先生扶着吱吱作响的楼梯扶手，气喘吁吁、满头大汗地往上爬。乓则在他身旁上蹿下跳，十分轻松。当他们终于到达四楼时，布谷先生像个旧水壶一样喘着粗气，而乓连大气都没有喘一口。现在，他们站在一扇灰色的门前，布谷先生边喘粗气边用颤抖的手指指着门铃，那下面贴着一张纸条，他上气不接下气地念道："这里住的是布谷先生。这是事实。写给那些不相信的人。"

乓皱起眉头，聚精会神地盯着这张纸条看了又看，然后开口喊道："有了这张纸条，我就不会不相信了！"

"按一下门铃！"

门铃的位置对乓来说有些高。乓踮起脚来，可还是按不到门铃。他又试着跳起来去按，就像个皮球一样在门铃前蹦来蹦去。

16

"你可以做到的。"布谷先生为他加油打气。

"我可以做到的！"乒边跳边喊。

"其实，何必这样呢，"布谷先生终于开口问道，"你不是有雨伞吗？"

乒转向布谷先生，愤慨地回答道："我不能告诉您我的雨伞是做什么用的。我知道您想知道，布谷先生，但很可惜，我不能说。"

"我的意思是，"布谷先生温柔地解释道，"你可以用你的雨伞。雨伞可以帮你做很多事情，比如可以帮你够到你自己够不到的地方。"

乒闭上眼睛，一字一顿地问道："布谷先生，您是怎么知道的呢？"

布谷先生笑了起来："我就是知道。"

乒看了看雨伞，又看了看门铃，然后踮起脚，举起雨伞，严肃地命令道："去够我够不到的地方。"他用伞尖按下了门铃。门后传来一阵奇怪的嘶哑的声音："铃！铃！铃！"

乒屏住呼吸，竖起耳朵听，但什么都没有发生。他不解地看着布谷先生问道："然后呢？"

布谷先生耸耸肩膀说："布谷先生不在这里。"

乒看起来又被吓到了，他问道："这又是'我们这就到了'和'我们到了'的故事吗？"

"'我们这就到了'和'我们到了'真是一对好朋友！"布谷先生砰的一声打开门，走进公寓，拍手大喊，"现在布谷先生在这里了，哈哈！布谷先生在这里！"

乒松了一口气，也笑了起来："哈哈！现在布谷先生在这里了！好好玩！现在在这里了！非常有趣！布谷先生真是个幽默的人！我必须写下来。哈哈！现在他在这里！"

第三章

乒 👤 要上厕所，

在卫生间里开启了一场奇妙的探索之旅 💡。

布谷先生 👒 只有 ① 个房间 🚪，

但是这个房间有 ④ 个名字。

乒浑身 🌐 都湿透了 💧，

于是他认识了

与吸尘器刚好相反 ⟵⟶ 的机器——吹风机。

　　布谷先生和乒站在昏暗狭窄的门厅里。乒说："好黑啊，好黑。"布谷先生指着灯的开关说："马上就会亮起来啦。"但是什么也没发生。"这灯肯定是坏掉了。"布谷先生抱怨道。

　　门厅里堆满了纸箱和成捆的报纸。墙上有两个挂钩，一个挂钩上挂着冬天穿的外套，另一个挂钩上挂着一根拐杖。当眼睛适应了昏暗的光线后，可以看到有两扇门，那扇较小的门上有一个磨砂玻璃窗，从里面透出来微弱的光。

　　布谷先生站在那扇较大的门前说："这里有点乱，平时家里几乎没有什么人来做客。"然后他指着那扇较小的门说，"如果你想上厕所的话，那里是卫生间。"

乒用伞尖推开卫生间的门，小心翼翼地往里看，然后一脸不开心地说道："这也太可怕了！竟然没有浴缸！真是太扫兴了！"

"请问男爵乒先生都需要些什么呢？"布谷先生用讽刺的语气问道。

"这么热的鬼天气，我必须得洗澡！"乒大吼道，"我必须得洗澡！我必须要洗澡！如果我不能洗澡，那就会有很可怕的事情发生。"

"我必须，我必须，我必须！"布谷先生用嘲讽的语气重复着。

"是的，我必须！"乒喊道。

"您的需求还真是朴实无华呢，阁下。请您不要这么大声，把伞放在这个桶里，帽子挂在这里就可以。"

"帽子要戴在头上！"乒把伞放到桶里，继续大喊，"我必须，我必须，我必须！非常地紧急！"说着，他将一条腿别到了另一条腿边。

"啊，你'必须'要上厕所呀！早说嘛！"

"我一直在说啊！"

布谷先生为乒先生推开了卫生间的门："记得用后要冲。卫生纸在这里。用完以后，请把马桶盖放下来。"

乒一下子就消失在了门后："把门关上，不准进来！"

布谷先生关上了门，然后仔细听着门里面的声音。他听到的声音很奇怪，开始像是有人在用指甲挠墙砖，接着是橡胶在玻璃上摩擦发出的吱吱的声音。布谷先生把耳朵贴在门上，一边敲门一边问："乒先生，你还好吗？"

"马桶上面有根绳子总是晃来晃去的。"乒喊道。

"那是冲水用的，你用完后拉一下它就行了。"

"报刊亭那边的是按的。"

"我家的就是拉的。行吗，会用吗？"

"没问题，我能行。"

布谷先生走进他自己的房间。这里又亮堂又暖和，正午的阳光在房间的地板上投出了一个正方形的光斑。布谷先生的这个房间有四个名字：卧室、客厅、餐厅和厨房。房间里有一张床、一个橱柜、一个衣柜、一张餐桌、一把椅子、一个冰箱、一个灶台、一个炉子、一个垃圾桶和一张上面放着一部红色电话的桌子。床边有一个放着电视的小脚凳，旁边是一棵小棕榈树。天花板上摇摇晃晃地悬着一个灯泡，地板上铺着一块彩色的小地毯。房间最里面，正对着门的地方是阳台。布谷先生的床头还挂着一幅画，画里面是一群站在浮冰上的企鹅，看起来像是在等待什么重要的事情发生。

布谷先生全神贯注地打量着那幅画，然后摇了摇头，走向

电话

卧室

门厅

炉子

厨房

棕榈树

客厅

餐厅

阳台

橱柜

衣柜

冰箱，打开冰箱门，心不在焉地向里面看了看。他笑了起来，轻声喊道："乒！乒！"然后跑到炉子边，打开灶台的开关又立马关上。接着，他跑过去打开衣柜，抓起一只绿色的袜子，看着袜子，摇了摇头，把袜子扔进了垃圾桶。他原地转了三圈，然后跑到床边，从那一摞报纸中抽出一张，又找了半天原本就在他鼻梁上架着的眼镜。他摘下眼镜又戴上，然后又喊了一遍："乒！乒！"他蹑手蹑脚地走到卫生间门口，里面没有动静，就把耳朵贴到了门上，屏住呼吸，听到了一声很轻的水花溅起的声音。他轻轻敲了敲门问道："嘿，乒先生，你还好吗？"

乒立刻回答道："好呀好呀，非常好！您为什么这么问？"

"你在里面太安静了。"

"我在里面非常好！"乒愉快地回答。

"还要很久吗？"

"还需要点时间。"

这时，布谷先生听到了一大声水花溅起的声音。乒是不是掉到马桶里了？为什么会有水花溅起的声音呢？又是一声水花溅起的声音，比刚刚还响。布谷先生觉得这声音很奇怪，他必须要一探究竟，万一乒遇到了什么不测呢？也许乒需要他的帮助。

他打开卫生间的门，环视着这个狭小的房间。"乒先生？"他轻声唤道，"乒？"

但是到处都不见乒的身影。

"乒先生？"没有人回应。

布谷先生又更大声地唤道："乒先生，你还好吗？"

又传来了一声水声，是从上面传来的。布谷先生抬起头来找。水溅起的声音是从水箱里传出来的。于是布谷先生放下马桶盖，气喘吁吁地爬了上去。他把脸凑到水箱的边缘，看到乒正四仰八叉地躺在那里，拍着水花。

"啊，原来你在这儿啊。"布谷先生说。

乒的心情很好："布谷先生，这里的水很凉爽，真是太棒了！"

布谷先生把手伸进水里试了一下："水好凉！你会感冒的！"

"这凉爽的水救了我一命。我刚刚体温过高了，如果再

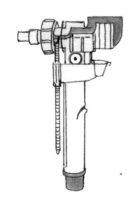

待半个小时，我一定会死掉的。您知道，我的心脏本来就脆弱，再经高温摧残，我真的会死掉的。"

"乒先生，不要做这么奇怪的事情了。"布谷先生咕哝道。

"别担心，"乒叽叽喳喳地说，"我没做什么奇怪的事情。我在这凉爽的水中又找回了生活的美好。我一想到外面的酷热就……呕！布谷先生，我现在觉得，生活是充满乐趣的，而且最妙的是，我终于见到了一个自动塞子！"

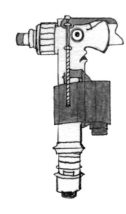

"你见到了什么？"

"自动塞子！水箱里就有一个。"

"你说的是水箱阀。"

"您想叫它什么都行，我就叫它自动塞子。今天我终于见到了一个，真是天才的设计。水位上升，浮球就会升起来，然后塞子根据杠杆原理下降，堵住管道；当水位下降时，浮球就会沉下去，那么塞子就会升起来，管道开放。非常简单的设计，却是天才的设计！"

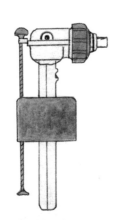

"天才的设计总是简单而精妙的。"布谷先生说。

乒用小手拍着水花："我真的是太兴奋了！"

"你觉得兴奋就好。"布谷先生说道。

乒全身上下的皮肤都是白色的，还微微透着一点粉红色和蓝色。那顶帽子还戴在他的头上。

"不过，你是怎么上来的，乒先生？"

"冲水绳！"乒简短地回答道，"绳子不光能用来拉，还能用来往上爬。如果您不介意的话，现在可以把我抱下去了，我的身体已经够凉爽了。"

"我一点都不介意。"布谷先生嘟囔着，把湿漉漉的乒从水箱里抱了出来。他很惊讶乒的身体这么轻，就像一根羽毛一样轻。

"给我擦干，快！"乒颤抖着说。

"说'请'！"布谷先生一边说一边把这个全身赤裸的小家伙抱到了镜子前面，让他站在漱口杯和须后水中间。

"请！"乒低声说。

布谷先生边给乒擦身子边问："你的东西都放哪儿了？"

"我的东西？"

"小礼服和鞋子什么的。"

"您往上看！"乒指着上面。他的小礼服叠得方方正正，与小鞋子和小袜子一起塞在水箱的后面，都快要碰到天花板了。

"您还得再上去一趟。"乒说，这会儿，他已经不再打哆喙了。

"我还得再上去一趟，"布谷先生说，"你别动了，我再上去一趟。"

乓靠在镜子上，聚精会神地看着布谷先生爬上马桶，呻吟着够到水箱边缘。终于拿到乓的东西以后，他又费力地爬了下来。

"真是累死了。"布谷先生抱怨道。他擦了擦额头上的汗水，抱起镜子前的乓，拿起他的东西，走回房间。他把乓放在餐桌上，然后从衣柜下面的抽屉里拿出了吹风机。

"这是什么？"乓害怕地问道，"您是要将我击毙吗？"

布谷先生像握手枪一样握着吹风机，笑着模仿道："砰，砰！"

他插好插头，打开吹风机，吹风机发出了巨大的吼叫

声。乒吓得一下子跳到了桌子的边缘，大声问道："这是吸尘器吗？"

"这是吹风机，"布谷先生解释道，"在一定程度上与吸尘器刚好相反。"

"一定程度上？"乒疑惑地问。

"吸尘器'吸'尘，吹风机'吹'风。热气会从这里吹出来。不要碰，很烫！用这个很快就可以把你吹干，看到了吗？"

"科学的奇迹！"乒大声喊道，"我太兴奋了，您给我展示了与吸尘器刚好相反的机器，我都不知道有这种东西存在！我必须要马上写下来！"

"先把衣服穿上。"乒的身上已经完全干了。布谷先生给这个小家伙把衣服穿好，包括他的小袜子、小礼服和那双漂亮的小靴子。

第四章

布谷先生因为自己的冰箱"全宇宙最烂" ☆
而大发雷霆。

乒 🎩 大头朝下摔倒在地上，晕死了过去。

布谷先生用食指蘸了三滴水 ○○○ 救活了他。

"好了，"布谷先生帮乒穿好衣服后，乒说，"现在我必须
要喝点东西。"

"你不是要写点什么东西吗？"

"是的，是的，"乒说，"我知道。但是首先我得喝点什么
东西。您能给我来杯冰水吗？要非常冰的那种，谢谢！"

"非常冰的那种……"布谷先生重复道，他跑到水池边，
打开水龙头，"你得等一会儿，这需要点时间，在这种天气下，
要过一会儿才能有非常冰的水，需要等水流到四楼的管道。"

"您没有冰吗？"乒生气地问。

"我没有冰。"

"可您这儿有个冰箱。"

"冷冻室坏了！"

32

"有冰箱但是冷冻室坏了！哈哈！"乒放肆地笑道，"老天啊老天，布谷先生，您真是太会开玩笑了！您有自动塞子和吹风机，却没有冷冻室！这真是全宇宙最烂的冰箱！太不可思议了！"

"别笑了！"布谷先生吼道。

"您真是太会开玩笑了！您有自动塞子和吹风机，却没有冷冻室！"乒笑得前仰后合，笑到必须要坐下来，不然就要摔倒了，"布谷先生太搞笑了！"

"别笑了！"布谷先生生气了。

但是乒丝毫没有停下来的意思，还是指着布谷先生嘲笑他："您真是太会开玩笑了，哈哈哈！"

"好了好了，"布谷先生说，"你是非要把我惹急吗？"

可是，乒还在一旁哈哈哈地笑。

布谷先生大步走到房门前，把手放在门把手上，生气地说："你可以走了！"

这时，乒已经捂着肚子笑成了一团。

布谷先生打开门，做了一个像钟摆一样摆动的手势，然后指向黑暗的楼梯间，短促而严厉地说道："走！"

乒笑得在餐桌上滚来滚去，"全宇宙最烂的冰箱，哈哈哈！"他笑得都睁不开眼了，眼泪都笑了出来，"全宇宙最烂的冰箱！"

布谷先生深吸了一口气喊道："我受够你了！你给我走！现在就走！"

这次，乒听到布谷先生在说什么了。他坐起身来，整理好帽子，瞪大眼睛看着布谷先生说："布谷先生，这跟说好的不一样。报刊亭的女店员已经去特内里费岛了。"

"现在就走！"布谷先生高声喊道。

乒哭了起来："那我该怎么办呢？这炎热的天气会让我生病的。我脆弱的心脏！我会被那些野蛮的动物吃掉。我能去哪儿呢？公交车会把我轧扁，我会死掉的，而这都是您造成的。"

这时，布谷先生说出了那句一个人能说出的最糟糕的话，还把声音拉得很长："我——无——所——谓——！"

"我死了，您也无所谓吗？！"乒喊道。

"完全无所谓！"布谷先生用低沉的嗓音说，"你给我走！马上就走！"

"但是，"乒边哭边说，"您对我是有责任的。"

"责任，我已经尽到我的责任了。"布谷先生的声音弱了下来，他又指了指外面黑暗的楼梯间。

乒站了起来，捂着自己的头，双眼紧闭。他在餐桌上摇摇晃晃，最后失去了平衡，摔了下来，头着地摔在了地板上。

34

他躺在那里，一动不动，就像死了一样。

布谷先生赶紧关上门，踮着脚轻轻地走到餐桌旁。房间里很安静，只能听到时钟发出的嘀嗒嘀嗒的声音。

布谷先生俯下身，用食指小心翼翼地戳了戳乓，"嘿，乓先生，你别搞事情了。"他小声说道。

乓还是一动不动。

布谷先生又拍了拍他，他依然没有反应。布谷先生迅速站了起来，接了一杯水，然后在那个小家伙的身旁蹲下。他把食指放进水里蘸了一小滴，然后小心翼翼地喂到乓先生的嘴边。乓的小舌头突然从牙齿中间伸出来，像闪电一般舔掉了那滴水。

布谷先生再一次用指尖蘸上水，喂到了乓的嘴边。乓又一次快如闪电般地用小舌头舔掉了水滴。

当布谷先生喂到第三滴的时候，小家伙终于睁开了眼睛。他用小到几乎听不见的声音问："我在哪里？"

"你在我家，小家伙。"布谷先生轻声说。

"我的雨伞呢？"

"它在桶里呢，就在那儿。"

"那就好，那我就放心了。"乓说。

第五章

乒 🎩 和布谷先生 👒 幻想着
一位名叫森林空地的美丽纸人。
布谷先生未经允许翻阅了一个奇怪的笔记本 📖 。
"烤肠" 〰️ 这个词在被收入词语宝典之前，
引发了一场昏厥事故。
布谷先生到市区去买鱼 🐟 。

布谷先生扶乒站了起来。乒的膝盖有些使不上力，他小心翼翼地活动了一下自己的脚，轻轻地跳了一下，接着又跳了一下，然后使劲跳了一下。显然，乒没有受伤，一切都好。

布谷先生给这个小家伙倒了一点水，拿了一块饼干。乒喝起水来，没有再嫌这嫌那。然后，他对着饼干琢磨了半天，问道："这是什么？"

"这是一块小饼干。"

"一块小饼干？"

"你没见过小饼干吗？"

"我知道小饼干是什么，但是我不吃。您不知道我只吃鱼吗？"

"你可以偶尔吃一块吧？"

"您是认真的？"

"我是认真的。"

乒从各个角度打量着小饼干："出了问题您可要负责。"说完，他小心地咬了一小口。他闭上眼，一边咀嚼一边摇了摇头。接着，他大口地吃了起来，转了转眼睛，好像在说，"非常美味，太棒了！"

等他吃完，布谷先生听到了他一直在期待的问题："您能再给我一块吗？"

布谷先生两手空空地对乒说："对不起，那是最后一块了。"

"别这样，您知道规矩的，会'问'的孩子有'饼干'吃。"

"你的规矩太多了！"布谷先生叹了一口气，把两个盘子摆到了桌子上，"现在是中午了，中午有中午的规矩，不吃饼干了，我来做些好吃的，你同意吗？"

"同意，只要有好吃的就同意。"乒回答道。

说完，他跑到门厅，去拿桶里的雨伞，然后开始在房间里蹿来蹿去。

他仔细地观察着房间里的每一样物品。

他用伞尖碰了碰橱柜。

他仔细侦察了一番放电话的桌子。

他看了看床。

他踮起脚，透过阳台门上的玻璃向外望去。

他绕着冰箱走了一圈。

与此同时，布谷先生正在摆弄炉子。"怎么样，你喜欢我家吗？"他低头看着乒，微笑着问道。

乒站在衣柜前面，打开了下面的抽屉，他向里看了看并客气地说道："我希望我不是必须要回答这个问题。"

"在这里，没有人'必须'要做什么！"布谷先生边说边把煎锅放在灶台上，"欢迎来到自由的国度！在这里，每个人都可以做自己想做的事情，想回答问题就回答，不想回答问题就不回答。"

"行吧。"乒说道。

"'行吧'是什么意思?"

"'行吧'就是'行吧'。如果我不回答您的问题,您就会生气吧?"

"我只有在你打开抽屉乱翻一气的时候才会生气。禁止随便打开我的抽屉!"

乓抬起头来看着布谷先生,愤愤不平地说:"我还以为自由的国度里没有禁令呢。"

"关上抽屉!"

乓吓了一跳,关上了抽屉。"抽屉里有秘密,秘密不能让别人知道,我懂,长官先生。"乓直直地盯着布谷先生。

"你为什么要这样盯着我?有什么问题吗?"布谷先生问。

乓把手里的伞打开又合上,然后微笑着说:"我没有盯着您,我是在友好地注视您。"

"友好地注视我?"

"您知道吗,我认识您的时间比您认识我的时间要长。"

"你一直在观察我吗?"布谷先生问。

乓在房间中央轻巧地转了一个圈,然后说道:"您的用词很准确,我一直在偷偷'观察'您,'观察'了整整两周时间。您每天早上十一点左右到报刊亭去,您会往放零钱的盘子里扔一枚硬币,然后拿走一份报纸,不过您从来没有往我待的角落里看过。"

布谷先生往锅里倒了点油。"我对口香糖或是其他零食一点兴趣都没有。"他边说边将一根烤肠切成两半。

　　"您知道我发现了您的什么特点吗？"乒站在冰箱前，用伞尖在空中画了一个大大的圆圈。

　　"我很好奇！"布谷先生说。

　　"那我就直说了，我发现您对美女感兴趣。"

　　布谷先生翻动着锅里的食物，低声说："这我倒是头一次听说，我对美女感兴趣，有趣。"

　　"您有妻子吗？"乒走向布谷先生，使劲仰起头看着他，帽子都快要掉下来了。

　　布谷先生低头看着他，非常简短地回答道："没有冰，没有吸尘器，没有妻子。"

　　"您不必为自己辩解。"乒说，"我也和您一样，我也很喜欢报纸上的美女。在货架的最上面一层……"

　　"最上面一层一直都放的是《电视报》。"布谷先生打断他说。

　　"是的是的。最上面一层，有

一位女士……您可不要笑……我管她叫森林空地。"乒叹了口气，"她的眼睛就像森林中的湖泊，蓝蓝的，宛如星际间的天空。她的睫毛宛如芦苇一般，哦，芦苇，那在水中孤芳自赏的芦苇。还有她的嘴，那张嘴，哦……"

布谷先生笑了起来："乒先生坠入爱河了！"

乒瞪着大眼睛看着布谷先生说："您是在嘲笑我吗？"

"我没有嘲笑你，"布谷先生说，"美丽的女人就该有一个美丽的名字，森林空地，真是个好名字！"

乒靠在冰箱上，闭着眼睛，用伤感的语气说道："每周一，都有一个特别可怕的人来报刊亭。他穿着一身橘黄色的衣服，从头到脚都是橘黄色的。他看起来很吓人。他把店里的女士们都收集起来，放到一个大袋子里。森林空地也在那里面。他非常地粗暴！然后，他会把一批新的女士放到货架上，之后便一言不发地离开。真的是太可怕了！"

布谷先生端着煎锅走到桌边，说："报纸上的女士们就是来了又走。旧的一批离开，新的一批补上，一直都是这样的。快来坐好，我们要吃饭了！"

乒摇摇晃晃地走到桌边，难过地说道："我再也见不到森林空地了。"

"森林空地是纸做的。"布谷先生安慰他说，"森林空地是纸人，是纸加上印刷的油墨做的，不是真人，你明白吗？"见

乒还是悲伤地看着他，他坐到桌边说，"来吧，现在是填饱肚子的时候了。"

"等一下！"乒从裤子口袋里掏出红色笔记本，"我必须做些笔记。"他坐在地板上，打开笔记本，翻了半天找到一张空白页，然后用小铅笔在上面奋笔疾书。他一边写，一边低声地嘟囔着。布谷先生竖起耳朵听，但他听不清乒在嘟囔什么，于是他弯下腰去看那个小家伙正在写的东西，尝试去分辨他在写些什么。

"你在写什么呢？"

"这是我的秘密。"乒轻声说道，用左手遮着本子上的内容，"这跟别人没有关系，这是只属于我的。"

布谷先生以迅雷不及掩耳之势从乒的手中夺走了笔记本，举到头顶上向乒炫耀。

"这里面有关于我的吗？"

"把我的本子还给我！"乒坐在地板上大叫，"还给我！"

布谷先生打开笔记本，一边读着里面的内容一边哈哈大笑："绿色石油，超级倒霉！哈哈！森林空地，浴垫！哈哈！哦，你还把'布谷'写错了。水花飞溅，洋葱刺鼻。还有这里，最下面：纸人和吹风机。一只猪蹄！你写这些做什么？"

乒喊道："那是我的小本子，布谷先生，把小本子还给我！"

布谷先生笑着说："只要你告诉我你为什么要写这些，我就把它还给你，乒先生。"

乒说："跟您解释是没有意义的，您永远不会理解的。"

"啊哈，你的意思是我太愚蠢了，所以没办法跟我解释？"

"那个小本子是……您别嘲笑我……是我的词语宝典。"乒轻声说，"是只属于我的。"

"你的词语宝典！原来如此！"

"是的，我的词语宝典。这是我的宝库。我努力地收集了每一个词语，所以只能由我来使用它并将它继续扩充下去。这里面词语的选择和排序，对旁人，对无知的人来说是很难理解的。而您，布谷先生，在这件事情上就是一个旁人，一个无知的人。"

"绿色石油！"布谷先生拍了拍自己的额头。

"您对我的嘲笑就表明，我的判断是正确的。即使我想跟您解释，您也愿意听，您也是无法理解的。"

"很抱歉，"布谷先生说，"我对上面的这些胡言乱语一点都不感兴趣，我只想知道，它是干什么用的。"

"那可不是胡言乱语，布谷先生！那些都是对我意义非凡的魔法

词语。它们或许能帮助我理解这个世界和我自己。"

"那这些，"布谷先生继续问，"这些被划掉的词语又是什么意思呢？"

"我把它们从我的宝典中划去，是因为它们已经失去了魔力。"乒说，"现在，我想吃鱼了！"

"想吃鱼？"

"布谷先生，您怎么像第一次听到'鱼'这个字一样！"

布谷先生鞠了一躬，故作庄重地说道："乒先生，神秘的访客和魔法词语的守护者想要吃鱼！"他将小本子还给了乒，继续说，"只可惜我家没有鱼，也没有'绿色石油'和'超级倒霉'！今天我家只有——当当当当——烤肠。"

"我不能吃烤肠！"乒像受到了惊吓一样大吼，"我吃了会生病的，您懂吗？我会死掉的！我只能吃鱼，报刊亭的女店员

跟您嘱咐过了。"

"你很喜欢把'死'挂在嘴边。"布谷先生说,"你喝了没有冰的水没有死,你开心地吃了一整块饼干没有死,你从桌子上掉下来也没有死,现在你吃烤肠也不会死的。"

乒干呕了一声,说道:"光听到这个词'烤肠',"他像病人一样呻吟着,一边咳嗽一边说,"就足够让我恶心了!"

"对我来说,"布谷先生说道,"'烤肠'是最美的词之一了。我很喜欢这个词。它有一种……该怎么说呢……它的发音就很诱人。浓郁、爽脆、焦香——烤肠!"

"请您别再说了!我快吐出来了!"乒抗议道,"我要晕倒了。"

"如果我要是有一个词语宝典的话,我一定会把'烤肠'这个词放进去。"

"什么?"乒吼道,"您是说您都没有词语宝典?"

布谷先生的
词语宝盒 ↙

烤肠

"现在还没有罢了。但是你给了我启发,我会选个良辰吉日开始编写我的词语宝典。"

"在第一页上,"乒边说边笑,"在第一页上,要写上您最喜欢的词,"他举起手,在空气中写了两个大大的字——烤肠,

46

"烤肠！不过这真的是太恶心了。"他抱怨着，做出一副快要吐出来了的样子，然后甩了甩身子，就像一只湿漉漉的狗想要把身上的水甩干一样。

"你别这么自以为是了，"布谷先生说，"'烤肠'并没有你写的那些搞笑词语让人觉得恶心。'绿色石油'和'洋葱刺鼻'，拜托，不要再提了！"

"'烤肠'是整个宇宙中最令人恶心、最愚蠢的词了！"

"整个宇宙，口气真大！"布谷先生喊道，然后在椅子上放了三个枕头，把乒抱起来放在枕头上，"让整个宇宙先歇歇吧，现在我们该踏实吃饭了。"

乒从桌子的边缘看过去，看到面前放着半根烤肠，大喊道："你这是要杀了我！"

布谷先生拍了下桌子，喊道："不要闹了，差不多了！现在给我好好吃饭！"

"这烤肠真臭！"乒又干呕了一声，"布谷先生，我要吐了！"

"你别闹了！乒先生，请你乖一点！"

乒闭上眼睛，他脸色苍白，鼻子透出了一点绿色。"我在哪里？我的头好晕。"他虚弱地说道，然后就从椅子上摔了下去。

布谷先生跳起来，跑到了乒的身边，大喊："乒先生！你怎么了？！"

乒缓缓地睁开一只眼，气息微弱地说："我要死掉了！"

"没有人会因为吃烤肠而死掉。"

"求求您别再说那个可怕的词了！我求求您了！"

布谷先生站起身来说道："那可是最美的词！但是既然你这么讨厌它，那我就不再说了。现在——当当当——我会让这个美丽的词语就此消失。"布谷先生张开嘴，一口吃掉了乒的那半根烤肠，他把烤肠咽了下去，跟乒说，"看到了吗？它消失了！没有了！现在你好点了吗？"

乒坐起身，微微一笑："它消失了！我想我感觉好多了，但是一想到您的肚子里正在消化什么，我就又感觉不舒服了。"

"我的肚子里正在消化某种美味。"布谷先生把乒扶了起来，然后拍了拍自己的帽檐，打开了公寓的门。

"您要去哪儿？"乒问。

"我去买鱼。"布谷先生说，"你乖乖地等着，我马上回来。不许翻我的东西，你能保证吗？"

第 六 章

布谷先生的床单盖在 ~~棕~~ 棕榈树 🌿 上面。

在打给小溪星的电话中提到一串非常长的密码。

在一出闹剧之后，布谷先生把买回来的鱼 🐟 煎好，

可惜乒并没有吃掉它。

身材矮小 ~~的~~ 的乒可以轻松钻进冰箱的上隔层。

"我对着银河系发誓，绝对不会！"乒喊道，但布谷先生并没有听到这句话，因为他已经关上门出去了。

乒撑着颤抖的双腿走到门厅，屏住呼吸仔细听着，"他已经出去了。"他小声嘟囔了一句。

乒打开了卫生间的门，走到马桶边拉了一下冲水绳，水冲了下来。"自动塞子很靠谱。"他笑了起来。

他又摇摇摆摆地走进房间，从衣柜的抽屉里抽出一张床单。"没有冷冻室，这可就不太好办了。"他摇摇晃晃地爬上椅子，把床单甩到了棕榈树上。然后他站在床前，打量着床头挂着的那幅画，"上面好像是……"他喃喃自语，"好像是企鹅。"他顿了一下，抱怨道，"真是让人讨厌！"接着他把椅子

拖到电话桌旁，拿出那个红色的笔记本。他一边紧张地翻找着什么，一边小声嘀咕着："自动塞子。"在他翻到正确的那一页后，他爬到椅子上，拿起电话听筒，拨了几个号码。等了一小会儿后，他听到了哐哐的声音，紧接着是哔的一声，然后他慢慢地说出："A平方，B平方，C平方。"

电话中传出可怕的声音，听起来就好像是树枝折断时发出的声响。然后房间里突然暗了下来，好像一片乌云遮住了夏日的天空。"您好？"乒对着电话讲，"小溪星吗？"他的声音听起来不一样了，变得又硬又冷，"我是乒先生。第四十天。"

电话里传来了不同的声音，这次听起来像玻璃破碎的声音。"是的，我还在这里！地球时间：26-8-18。申请基本粒子分解许可。"

电话里传来响亮的音乐声，然后有人问了个什么问题。"是的，我在报刊亭里待了两个星期，"乓回答，"但是那里没有报时，只有报纸。对，就是印着图片和文字的纸。没错，我还在动物园待了一周，那真的是太尴尬了，在动物园里，他们都认为我是企鹅。对，企鹅！那种令人讨厌的生物，但是这里的人们觉得它们很可爱。我现在在布谷的家里。不，不是那种鸟，他是一个友好的人。他家住在四楼，是最高的地方，再上面就是天空了，没有云。布谷先生负责找鱼给我吃。明白。冷冻室坏了。自动塞子，有。吸尘器，无，但是有吹风机！吹风机跟吸尘器刚好相反，吸尘器'吸'尘，吹风机'吹'风。密码？您等一下。"

乓激动地在小本子里翻找着。

"您好？我找到了。戴着凉爽帽子的纸人和绿色石油里的石油神像一起打盹。您记住了吗？绿色石油，是的！您听到了吗？我还得跟您说一下，出了一场事故，是一次一阶基本粒子

您记住了吗？
绿色石油，
是的！

碰撞。"

乒的声音在颤抖："是与电磁场的碰撞。碰撞过程中触发了不可避免的复制行为。那个复制体看起来和我一样，自称为乒。这真是太糟糕了。"这时，乒听到了钥匙在公寓门锁中转动的声音，他停了一下，"乓现在可能在动物园。我先挂了。"

乒急忙放下电话，迅速爬下椅子。布谷先生进来了，他先是看到了棕榈树上的床单，又注意到了打开的抽屉。

布谷先生站在房间中间，左手拎着装着鱼的袋子，右手拿着公寓钥匙，喘着粗气生气地问："你这又是在唱哪出？"

"唱哪出？"

"对，你要唱哪出？"

"唱哪出！"乒坐在电话桌旁的椅子上笑了起来，"唱哪出！真是个好词！我必须把它记下来。这真是个充满魔力的词语，符合我的选词标准。"

"然后你就可以把这个词告诉电话里的人了，对吧？"布谷先生非常生气，他摇了摇头，然后掐着嗓子学乒说话，"我不是企鹅！喝水要加冰！不能吃烤肠！烤肠让我恶心！"

乒没皮没脸地看着气哄哄的布谷先生说："太棒了，布谷先生，我要为您喝彩！您真是一个非常好的演员！"

布谷先生听了这句话更生气了，他喘着粗气说："演员！演员！你，我的朋友，你可真是个糟糕的演员！你就会给我编故事，一个故事套着一个故事。而且，你又打开了我的抽屉。你刚刚在跟谁打电话？快点回答我！"

乒假装没有听见，他在自己的小本子上涂涂画画，"唱哪出，唱哪出，这词可真有意思。"然后，他合上小本子，小声问道，"您买到鱼了吗？"

布谷先生现在彻底生气了："我在问你问题！你刚才在跟谁打电话？"

乒又看了一眼小本子，轻描淡写地说："这是我的秘密。"

布谷先生大喊："我在问你在和谁打电话！是长途吗？"

"请您不要这么大声！"

"这里是我家，我想多大声就多大声！"布谷先生的语气里带着威胁，"快说，你刚才和谁打电话来的？"

"和一个朋友。"乒可怜兮兮地回答。

"那你为什么不让你的朋友去给你买鱼？"

"他买不了，他在很远的地方。"乒含着眼泪说，"所以我只能给他打电话。"他的脸颊上划过一道泪痕。

"这样啊。"布谷先生看到了乒的眼泪，他把鱼放进了冰箱，然后走到仍然坐在电话桌旁的乒身边，出奇温柔地问道，"但我还有一件事没搞明白，你为什么要这么对我的棕榈树？"

乒结结巴巴地说："是因为……是因为绿色。看到绿色我

盖着床单的棕榈树

就会紧张，您知道吗？紧张。就是这样。绿色会打扰我说话和思考，所以我把它盖了起来。"

"真是奇怪。"布谷先生边说边把床单从棕榈树上拿下来，仔细打量着这棵树，"这绿色多好看啊。"他摇了摇头，把床单叠好，"所以你的朋友在家里，而你在这里。"

"是的。"乒小声地说。

布谷先生接着问："那你为什么要留在这个城市呢？这是我的最后一个问题。"

"您的意思是，我应该回家，回到属于我的地方，对吗？"

"是的，差不多就是这个意思。你回家去吧。"

乒蹒跚地走到冰箱旁，用雨伞敲了敲冰箱的门，悲伤地看着布谷先生说:"我和那些纸人待了两周的时间,我白天在火车站里晃悠,晚上在臭水沟里过夜,您想想,我为什么要这么做啊?"

"你马上就会告诉我的。"布谷先生嘟囔道。

"当然不是因为我想,也不是因为我无聊。我甚至还在动物园的围栏上坐了一天……"

"就像你的朋友乓一样!"布谷先生打断他说。

"我的朋友?"

"你说的,他可能在动物园!"

乓

"我从来没这么说过。"

"你在电话里说的。我可没做梦！你的同伴乒现在在动物园里，你刚才就是这么说的。"

乒笑了起来："这天气热得让人说胡话！您知道吗，我还等着吃鱼呢。"

布谷先生看了乒一眼："你等着吃鱼呢？"

"是的，当然了。"乒兴高采烈地说。

"好吧！那么，"布谷先生一边嘀咕一边把煎锅放到灶台上，"我希望你吃完鱼就能消停了。"

"我会消停的。"

"真的吗？那我可太期待了。"布谷先生嘟囔着。

"锅洗干净了吗？您之前还用它做恶心的烤肠来着！"

"洗干净了，给我讲讲乒的事情！"布谷先生说。

"没什么好讲的！"

布谷先生瞪了乒一眼："我重拨你刚刚打的号码，就能知道你在跟谁聊天了。"

"乒在动物园里。就是如此。我不知道他具体在哪里。"

"动物园里。就是如此。我不知道具体在哪里！"布谷先生发现这几句话还挺押韵的，这把他给逗笑了，"动物园里。就是如此。我不知道具体在哪里！"他还兴致勃勃地创作了起来，"告诉我动物园的事，就是如此。我不知道在哪里，跳蚤钻到我的袖口里！"

"请不要嘲笑我，布谷先生，这样很伤人！"

"我不是在嘲笑你。"布谷先生温柔地说，他帮乒铺好餐布，摆好盘子，放好叉子，又倒了一杯水，然后端着锅走到桌子边，把鱼盛到盘子里，说，"好了，快吃吧。"

乒迈着小碎步走到餐桌旁，等着布谷先生把他抱到椅子上："我爱吃鱼，我对着银河系发誓！"

布谷先生把乒抱到三个枕头上，然后把椅子往桌子前推了推。

乒从桌子的边缘看过去，看着面前的鱼问："这真的是鱼吗？"他用叉子戳了戳盘子里的鱼，"我不想谈论关于乓的事情，如果您能不继续问下去的话，我会很感激您的。"

"如果你能不这么戳鱼的话，我会很感激你的。我顶着酷暑跑了半个小时才买到这条鱼。在这么热的天气下，是很难买到新鲜的鱼的，我跑过了火车站才搞到这条。在你打电话的时候，我在外面给你跑腿，现在你还要把我辛辛苦苦买回来的鱼戳成泥！"

乒低下了头，小声说："您别再说我了，布谷先生，我的神经要受不住了。"

"我没有说你，我只是在告诉你，弄到一条鱼有多麻烦。"

"我只是跟您说我要吃鱼，"乒说，"您可以拒绝的。"

"那你也可以吃烤肠，是吗？"布谷先生苦笑了一下，"抱歉，是我自作多情了。"他说，"你只是说你要吃鱼而已。"

"是的。"乓小声说，"我想先去冰箱里待一会儿，就一小会儿。天气太热了，您能理解吧？就一小小会儿。"

"好吧，但是之后你要把鱼吃掉。"

乓扔下叉子，从椅子上跳下来，兴高采烈地喊道："吃，晚点就吃！现在先去冰箱里待一会儿！"

布谷先生拖着疲惫的步伐走到冰箱旁说："不过冷冻室坏了。"

"没关系，冷冻室不重要。"

布谷先生打开冰箱门说："等一下，我先腾腾地方。"冰箱里面基本是空的，只有一罐芥末、一瓶牛奶和一盒凝乳。布谷先生清空了冰箱的下隔层，把芥末、牛奶和凝乳放到了上层。

乓在旁边满脸怀疑地转悠着，问道："里面真的没有烤肠了？"

"烤肠已经都在我的肚子里了！你进去吧！"

"如果可以的话，我更想坐在上面那层。"乓像小孩子一样吱吱地说。

"好吧。"布谷先生嘟囔道，又把那三样东西放回了下层。

布谷先生把乓抱到冰箱里。乓打量了一下四周，赞赏道："舒服，舒服，真舒服，非常凉爽！您现在可以把门关上了。"

在关上门之前，布谷先生又对着门缝说了一句："如果你想出来了，就敲两下。"

"好的，布谷先生，请您关上门，谢谢。"

"里面会很黑哦。"

"那太好了，我就喜欢黑暗。"

第七章

布谷先生 🤠 给快被太阳烤焦的花 🌸 浇了水，
还找到了那个<u>纸人</u> 🧍。

布谷先生先给 动物园 打了电话 ☎，
又找了冰箱 ❄ <u>紧急维修</u>。

<u>乒</u>大头朝下 🐧 待在冰箱里，<u>禁止</u>别人打扰。

🪜 楼梯间里又出现了一个黑白相间的<u>小家伙</u>，
他在找红色的笔记本 📖，
还拿走了桶里的红底白点雨伞 ☂。

　　布谷先生小心翼翼地关上了冰箱门，把耳朵贴在上面听了一会儿，然后他摇了摇头，走到桌子旁，看着刚刚被乒戳烂的鱼，"我对着银河系发誓，"他疲倦地说，"这种天气下，如果不赶紧把鱼放到冰箱里，很快就会坏掉的。但现在冰箱里没地方了。"布谷先生将鱼放回锅中，还在上面扣了一个盘子。然后他走进卫生间，试着拉了拉冲水绳，没有反应，没有水冲出来，"那个小家伙！现在冲水马桶也坏了。"他嘟囔道，摇了摇头，然后给浇水用的小喷壶灌满水。他端着小喷壶来到阳台，

开始默默地给天竺葵浇水。正午的时候，烈日当头，太阳都快把植物烤焦了。现在，已经快到傍晚了，暮色将要降临，再过一个小时，八月的艳阳就会退到城市的天际线后。布谷先生放下喷壶，望向天空，万里无云。

他回到房间，翻阅着床边已经堆成了一座小山的旧报纸。

"动物园里。就是如此。我不知道具体在哪里。"他一边翻着报纸，一边小声哼哼着，"森林空地，森林空地，森林空地，"他小声嘀咕着，最后终于找到了他要找的《电视报》，"就是她，眼睛像森林中的湖泊，蓝蓝的，宛如星际间的天空，睫毛宛如芦苇一般。"

布谷先生叹了口气，把报纸放到床下，然后跑回冰箱旁。

他把耳朵贴在冰箱门上，敲了敲门问道："嘿，里面一切还好吗？"没有回音，"乓先生，自动塞子坏了。"冰箱里还是一点声音都没有，"你还好吗？"布谷先生又敲了敲冰箱门，然后仔细听着。他听到里面发出了微弱的当啷当啷的声响，然后传来乓的声音，听上去非常低沉："冰箱里没有灯真是漆黑一片。"

布谷先生打开冰箱门，乓并没有像刚才一样坐在隔层里，而是大头朝下地倒立着。"哦，是您啊！"乓说，他看上去并不是特别高兴，"您能再把门关上吗？"

布谷先生说："这个是开关，如果你需要灯，按一下就好了，咔嚓，它就亮了。"

"真方便。咔嚓。谢谢您的提示。关门！"

布谷先生站在冰箱前喃喃自语："冰箱里没有灯真是漆黑一片。"

之后，他踮着脚走到电话旁，拿起听筒，拨了一个简短的号码。"您好，查号台吗？麻烦转接一下动物园！……是的，晚上好，我是布谷先生……对，布谷先生……不，这就是我的名字，我不是闹着玩。请帮我转接一下动物园的企鹅馆……没有人？……跟天气有什么关系？……好吧，那也没办法，好吧……我也很抱歉。"布谷先生挂断电话，然后蹑手蹑脚地回到冰箱旁。他仔细听着，觉得冰箱里好像有奇怪的音乐声。这是竖琴的声音，它似乎神奇地触动了布谷先生的灵魂。

布谷先生又敲了两次门。"乒先生？"没人回应，只能听到竖琴的声音，"乒先生？"还是没有回应。布谷先生小心翼翼地打开门，冰箱里发出红色和紫色的光，看起来像被施了魔法一样。乒还是像刚刚那样大头朝下，他被银色的光芒包围着，用刺耳的声音说道："收到，了解！"

布谷先生感觉后背一凉，他谨慎而迟疑地小声说道："我不想打扰你，但是……"

乒大声咆哮道："您就是在打扰我！我稍后再跟您解释。关门！"

布谷先生关上了冰箱门，像是做梦一样走到电话旁，一边拨着查号台的电话一边喃喃自语："'收到，了解！'……没人会相信我的。'收到，了解！'哈哈！"电话刺的一声接通了，"查号台吗？您好……是的，请帮我查一下冰箱紧急维修的电话……是的，谢谢……是的，是的，不，不……冷冻室坏了很久了，但我不是要维修冷冻室，是冰箱里的灯，它一会儿红，一会儿紫，还会发出银色的光，就像磷一样……什么？磷就是……对，磷光物质，看起来很可怕，像是从背板里发出来的光。"

这时，门铃响了。铃！铃！铃！

"我家门铃响了，您等一下，我马上回来。"

布谷先生把听筒放在电话旁，急忙走到门口。在昏暗的楼梯间里，站着一个身材矮小的家伙，看起来只有半米高。他长着一个大红鼻子，戴着黑色漆光礼帽，穿着一件黑色亮面布料做成的传统男士小礼服。小家伙紧张地甩着手臂，尴尬地咳嗽了两声，然后友好地说道："晚……晚上好，请问您是布谷先生吗？"

"呃……"布谷先生站在那里，好像被闪电击中了一样。他突然感到一阵头晕，必须得抓住门框才能站稳，他惊讶得一句话都说不出来。乒先生是怎么跑到楼梯间来的？他刚刚不是还在冰箱里吗，怎么现在……

　　"我很乐意再……再重复一下我的问题。"小家伙结结巴巴地说，"门……门牌上写着'布谷先生'，是……是您吗？"

　　"是我，"布谷先生礼貌地回答，"门牌上写得没错。你有什么事吗？"

　　小家伙鞠了一躬，清了清嗓子，说："太好了，太好了。我叫乓先生，很高兴见到您，布谷……布谷先生。"

　　"你刚刚……叫什么？"布谷先生问。

　　"我刚刚的名字，我不……不知道，我只知道我的名字一直是……是……"小家伙磕磕巴巴地说道，"我再跟您重……重复一遍，请您听……听好！我的名字一直是乓……乓先生！"

　　"乓？"

　　"是'乓先生'！我从火……火车站来，想……想……"

　　"怎么变成乓先生了？"布谷先生打断了他，他突然想起来乓在打电话的时候提到过这个名字，布谷先生感觉嘴里干干的，他声音颤抖地问道，"抱歉，我没明白。你不是叫乒先生吗？"

　　"我叫乓先生！我刚刚已……已经说过了！"小家伙吼道，"您有吸……吸尘器吗？"

　　"你今天已经问过我了。"

　　"我还没有问……问过任何人这个问题。这是我第一次问。

68

您有吸……吸尘器吗？"

"我没有吸……吸尘器。"布谷先生发现他自己也开始口吃起来了。

这个穿着黑色礼服的小家伙举起帽子，转了一圈，然后又咳了咳，问道："您有冰箱吗？"紧接着，像是在确认自己说得是否正确一样，又重复了一遍，"您……您有冰……冰箱吗？"小家伙继续重复着他的问题，就像是布谷先生小时候在山里听到的回声一样，"您……您有冰……冰箱吗？"

"有，我有冰……冰箱。"

"冰……冰箱，太棒了！"

布谷先生像隔着一层雾一样听着这个身穿黑色礼服的小家伙在楼梯间里说话。

小家伙笑了笑说道："您知道吗，今天是第四……四十天。四层楼……楼梯，哈哈！"

布谷先生仍紧紧抓着门框，他在想：这到底是怎么回事？乒是一个邪恶的巫师吗？为什么跟我唱这出？我为他做了那么多的事，做了我力所能及的所有的事。这就是他表达感谢的方式吗？为什么把我当傻子耍？

布谷先生严肃地问："你是怎么从冰箱里出来的？"

小家伙咳嗽了一下，回答道："我不……不明白您的问题。我是从楼梯爬上来的。"他解释道，"我不是从冰……冰箱里出来的，但我很想进……进去。"小家伙又笑了起来。

"但是，"布谷先生说，从他的声音中可以听出明显的愤怒，"你刚刚明明在冰箱里！"

"我吗？在冰……冰箱里？"小家伙夸张地大声笑了起来。

"等等。"布谷先生说，"我还在打电话呢。你在这里等一下。"他把小家伙留在楼梯间，跑回到电话旁，"喂，您好？……您还在吗？……好吧，我也很热……黄灯？……好吧，现在情况完全不一样了。他刚刚还在冰箱里，现在却跑到楼梯间去了，还想回到冰箱里面……什么？您不明白？您可是专家啊！您不明白还有谁能明白？……从冰箱，到楼梯间，再到冰箱。没什么不好明白的吧……好吧，再见！"

布谷先生手里拿着电话听筒，好像第一次见这个东西一样，他自言自语道："我真是快要疯了。"

"请您不要……不要疯。"小家伙已经闯进了房间，正站在冰箱旁。

"为什么？"布谷先生喊道，"为什么我不能疯？我要被你逼疯了！冰箱和吸尘器！鱼和烤肠！我真的要疯了！"

"鱼和烤……烤肠？我不明白您在说……说什么。"

布谷先生喘着粗气说："他不明白我在说……说什么！哈哈！天哪！他不明白！我要疯了！鱼和烤肠，他不……不明白！"

自称乓先生的身穿黑色礼服的小家伙在房间里摇摇摆摆

70

地走着，他把那把红底白点的雨伞从桶里拿出来，打开又合上，然后用甜美的声音说："我真的没明白。我真的没有恶……恶意。"

布谷先生看了看那个小家伙，用手拍了拍额头喊道："哦，我明白了！我知道是怎么回事了。你在拿我做实验，我就是小白鼠！还乒和乓！鱼和烤肠！乒和乓！冰箱和楼梯间！楼梯间和冰箱！乒和乓！你来来回回地涮我。你在想，可不能让那个老头闲下来！让我看看那只老布谷鸟什么时候会崩溃！乒乓！"

小家伙伸手拽着布谷先生的裤子说："您好，您别激……激动，我是在找东西。您看……看到一个红色的小本……本子了吗？您好？您是不……不想回答我吗？"

"小本……本子！"布谷先生大喊，他一把抓住小家伙，把他拖到门口，"我可不会让人把我当猴耍！女店员现在潇洒地去特内里费岛度假了，而我却在这儿看你胡闹！你知道吗，我现在就要把你赶出去，你还有什么要说的？"

小家伙没有反抗，"这是您的公……公寓，"他说，"您想……想怎么做都可以。"

"没错！这是我的公寓。现在我要把你赶出去！你个骗人精！"布谷先生把小家伙放在门垫上，然后猛地一下关上了门。

"我不是骗……骗人精！"那个小家伙在门外喊道。

布谷先生把钥匙在锁眼里转了三圈，对着锁上的门喊："好吧，无所谓，你不是骗人精。你赶紧走吧！"

第八章

在夜晚的城市里，
一个拿着雨伞🌂的小家伙向火车站走去。
冰箱❄️里传来敲打声。
被冻僵的小家伙需要外套来暖和暖和身子。
电话☎️随时会响起，乓必须说出密码。

　　布谷先生站在门厅里，屏住呼吸，听到那个小家伙慢慢地走下楼梯，一步一步，脚步声并不急促。当楼梯间里的声音完全消失以后，布谷先生拖着疲惫的步伐走到阳台上。这时，太阳已经落山了，淡紫色的夜空笼罩着城市，远处传来音乐声和车水马龙的噪声。尽管已经是晚上了，天气还是很热。布谷先生靠着阳台栏杆，低头往下看。街上空荡荡的，看不到一个人影，没有人，没有狗，也没有猫。过了大约半分钟，楼门发出吱吱的声音，那个自称乓的小家伙走了出去。他向左看看，然后向右看看，打开那把红底白点雨伞，摇摇摆摆地向右边走去，应该是朝火车站的方向走了过去。布谷先生只能看到那把伞，听到他坚定的脚步声——嗒，嗒，嗒。几秒钟后，乓消失在了

夜色中。

　　布谷先生深深地叹了口气。他坐在天竺葵后面的破藤椅上，双手交叉放在肚子上，闭上了眼睛。他就这样坐了三四分钟，如果不是听到冰箱中传来敲打声，他就在这儿睡着了。他疲惫地站起来，叹了口气回到房间。

　　布谷先生把耳朵贴到冰箱门上。砰，砰，砰！是敲打的声音。三声短的，砰，砰，砰！三声长的，砰，砰，砰！然后传来了哭喊声："请开开门！布谷先生！"声音越来越大。

　　布谷先生嘟囔道："现在又回到冰箱里了吗？真是个愚蠢的游戏。一会儿冰箱，一会儿楼梯间，一会儿又在冰箱。我跟别人讲都没人信。"

　　他小心翼翼地打开了冰箱门，乒在里面都要冻僵了。"您知道这里有多冷吗？"乒颤抖着愤怒地说，"幸好冷冻室坏了，不然我就被冻死了。"

　　布谷先生把乒从冰箱里抱了出来。这个小家伙身上冷得要命，鼻头已经冻蓝了。

　　"您怎么能把我在里面关这么久！天！我都快冻成冰坨了！救救我吧，帮帮我吧！"

　　"我能做些什么？"布谷先生不情愿地问。

　　"您给我拿块毯子或者拿件羊毛衫吧，这样我能暖和一点！"

75

布谷先生用冷淡的声音说："毯子或者羊毛衫。"

他从衣架上取下了一件外套，给哆哆嗦嗦的乒穿上。

乒闭上眼睛，感受着这份温暖。他再次睁开眼睛时，看到了挂在炉子上方的时钟，大喊道："天哪！几点了？他们会在十五分钟后给我打电话，我得告诉他们密码。帮我把外套脱掉吧！"

"谁要给你打电话？"布谷先生一边问一边帮乒脱掉外套。

"他们！"乒简短地回答。

"他们，他们，他们！"布谷先生喊道，"你就不能把话说清楚吗？"

"现在我还不能告诉您他们是谁。"

"可怕的神秘人！"布谷先生瞪圆眼睛，张大嘴巴，假装自己是个可怕的神秘人，用嘶哑的声音说道。

乒被吓到了，问道："布谷先生，您怎么了？哪里不舒服吗？"

布谷先生喊道："那些可怕的神秘人！呵！呵！真是有意思！你在火车站见到他们了？"

"什么什么？"乒问道，"火车站？什么火车站？"

"乒先生，你知道我说的是什么火车站。"

"您说的是什么火车站？"

"这里只有一个火车站。你在那儿遇到了那些可怕的神秘人，你去了一趟回来又在这儿装傻，问我这个问题。"

"我什么时候去了火车站？"乒问。

"就在一分钟前。"

"您听好，布谷先生，"乒生气地说，"我一直都在冰箱里，都快冻成冰坨了，我怎么去的火车站？"

布谷先生脾气也上来了："我可没做梦！你刚刚按门铃，说你是乓……乓，还跟我各种理论，最后去了火车站。这可不是我瞎编的。"

"该死！"乒大喊着跳了起来，好像被蜜蜂蜇了一样，"那是乓先生！不是我！那是乓先生！那个赝品！真是银河系级别的狗屎！"

"乒先生！"布谷先生喊道，"请不要用这么粗鄙的词语！不要在我这里说这种话！"

乒一边在房间里上蹿下跳一边大喊："如果乓搞砸了我的起程计划，我会发疯的！我必须马上确认密码，他们随时会打电话来。如果乓从中作梗的话，一切就都完蛋了，您明白吗？"

"老天爷啊，"布谷先生嘟囔着，"我一点都不明白。"

乒同情地看着布谷先生，温柔地说："亲爱的布谷先生，我会告诉您一些事情，我们还是有这个时间的。"乒握住布谷先生的手，轻声说，"我会跟您分享我的秘密，您必须要明白这些事情。"

"你又想出什么新花招来耍我这个老头子了？"

　　"您别担心，我没有想耍您的意思。我要跟您说的事情很严肃，银河系级别的严肃。"

第九章

乒和布谷先生仰望着 区 夜空，

看到了 ⋈ 飞马座大四边形边上的蓝色小点。

乒唱起了小溪星的颂歌，

讲述了基本粒子 → 和粒子云 ◯◯◯ 的事情。

布谷先生可以成为乒的助理，但他已经很累了。

　　小家伙把布谷先生拽到阳台上。天空黑如油墨，星星在闪烁。天气也凉爽下来了一点，现在的空气非常舒服。当他们走到阳台的时候，一颗巨大的流星从天空中划过。

　　布谷先生坐在藤椅上，将小家伙抱到腿上。他能感觉到乒的心跳。

　　乒伸出手指向天空："您看那儿！对，就是那儿！烟囱的左边，那个星团！您看见了吗？"

　　"我看到了银河。"布谷先生疲倦地说道。

　　"银河！哈哈！"乒嘲笑道，"您真是无知啊！对于无知的人来说，天上只有银河。无知的人仰望星空，只会指着所有东西喊：'我看到了银河，我看到了银河，我看到了银河！'"乒又往上指，"您仔细看。那里是飞马座大四边形，在飞马座大四边形边上，对，那里，我们的正上方，有一个小点，您看到了吗？"

"看得我眼睛都疼了。"布谷先生揉了揉眼睛，然后把眼镜往上推了推，问道，"你说的是那个小蓝点吗？"

"您看到的那个小蓝点，其实是一个星系。"乒带着掩饰不住的自豪解释道，"一个特别的星系，它是蓝色的，这样的星系是很少见的。据说蓝色星系中的生活都非常美好，比红色星系中的生活要美好得多。"

布谷先生低声说："我一直以为是反过来的，蓝色太冷了，红色比较温暖。"

"是这样的！"乒笑了起来，"但是在寒冷的气候中生活比在炎热的气候中生活要好。如果太冷，你穿件暖和的外套就好；可是如果太热，你就拿它没办法了。好了，继续说，我们没有多少时间。那里，在最左边，有一颗几乎看不到的小星球——小溪星。"

"一颗小星球？"布谷先生问。

"比您的地球要小得多。"

"我的地球，这听起来好奇怪，我的地球！"布谷先生笑了笑，"那么你的地球叫作小溪星？"

"地球是地球，小溪星是小溪星。"乒严肃地说。

"乒先生，你知道小溪星这个名字让我想到了什么吗？"布谷先生微笑着问。

"我很好奇。"乒说。

布谷先生深吸了一口气："我奶奶的房子后面有一条小溪。每当她用一个小水桶从小溪里打水回家时，她都会说：'源头的水流啊，清澈又明亮。'但那是很久以前的事情了，那时我才跟你差不多大。"

"您也有跟我差不多大的时候吗？"乒惊讶地看着布谷先生问道。

"那个时候小，"布谷先生笑着说，"现在我长大了。不过小溪的水一直流淌着，源头的水流啊，清澈又明亮。"

乒大喊道："太令人惊讶了，您的奶奶竟然知道小溪星的颂歌！"

"小溪星的颂歌？"

"对啊！源头的水流啊，清澈又明亮，这是小溪星的颂歌！您不知道吗？"

"你是在取笑我这个老头子吗？"

"没有！"乒喊道，"我们庆祝的时候就会唱这首歌，我们经常庆祝。"乒深吸了一口气，用颤抖而轻柔的声音唱了起来，"源头的水流啊，清澈又明亮。清澈又明亮是源头的水流啊。源头的水流啊，清澈又明亮。清澈又明亮是源头的水流啊……"

"清澈又明亮。"布谷先生叹了口气说，"给我讲讲小溪星吧！那儿是什么样的？"

"凉爽又美丽，清澈又明亮。跟这儿很不一样。"

"那里有美丽的纸人吗？"

"小溪星上的人这辈子都不会想到有纸人存在。"

"那吸尘器呢？"

"小溪星上没有灰尘。"乒深吸了一口气，"我该怎么向一个每天早上到火车站大街买报纸的人解释这些呢？对了，小溪星上都没有报纸。"

"什么！没有报纸？那也太可怕了！"布谷先生喊道。

"我还觉得买一份报纸然后花半个小时的时间来看天气预报这件事可怕呢。在小溪星上，我们看天空就能知道天气如何。对于我们来说这样就足够了，我们的报纸就是天空。如果你好好研究的话，就会发现，天空可以告诉你一切。小溪星常常被友好的雾气笼罩，它笼罩着一切，带来凉爽，同时也带来温暖。"乒闭上眼睛，叹了口气，"早上，薄雾透着金色的光，晚上又变成粉红色。在小溪星上，空气也非常好闻，不会有烤肠和汽车的味道。"

"你又开始了！"布谷先生激动起来，"烤肠不难闻！"

乒睁开眼睛，又叹了口气："我们有美丽的童话故事。我

最喜欢的一直是那个关于神奇的自动塞子的童话。今天我还见到了一个真的。"

"你是说我的马桶水箱阀。"

"请原谅，布谷先生，但是'阀'这个字，实在太让人不舒服了，听起来尖锐又刺耳，而'自动塞子'这个词，自动，塞子，听起来柔和又温暖。不过，今天看到它，老实说，还挺让我失望的。"

"今天中午你还觉得它很神奇。"

"是，我觉得它很有趣。但您要知道，对自动塞子一无所知的人会幻想它是什么样子的。在我们的童话里，自动塞子在危险时刻会发出蓝色和紫色的光芒，而且还可以预示未来。"

自动塞子
可以预示未来

"我的自动塞子也很好，只可惜它不能预示未来。"

"所以，今天我看到了一个真正的自动塞子，布谷先生，我不得不说，这让我很失望，彻头彻尾地失望。我幻想中的自动塞子是永远无法被任何东西超越的最美丽、最梦幻的东西。"

"很不幸，现在自动塞子跟梦幻一点关系都没有了，它就是简简单单地坏掉了。"布谷先生叹了口气。

"我们还有关于好吸尘器和坏吸尘器的童话。"

"我们？"布谷先生问，"你是说小溪星上的人？"

"是的，就是小溪星上的人，我就是这个意思。我们没人见过吸尘器。"

"也没人见过吹风机！"布谷先生插话说道。

"也没人见过吹风机。"乓承认，"类似神话传说和英雄故事的关于吸尘器的童话数不胜数。我还以为在您这儿能看到一个真正的吸尘器，但其实我也很庆幸没能在您这里看到。如果真的看到，可能我会像看到自动塞子一样失望。"

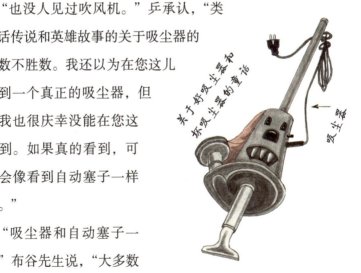

关于好吸尘器和坏吸尘器的童话

吸尘器

"吸尘器和自动塞子一样，"布谷先生说，"大多数人看到都会觉得失望的。"

"您知道那个关于吸尘器的有趣的童话故事吗？里面的吸尘器总是因为同伴管它叫吸尘器而生气。"

"多谢，不用给我讲了，不用了。"布谷先生举起双手恳求道，"我听的童话故事已经够多了。关于乓先生的童话故事已经够让我消化一阵子了！"

乓笑了起来："亲爱的布谷先生，请您不要弄混，并不存在关于乓先生的童话故事，也不存在乓先生这个人。"

"他刚刚就站在房间里！"布谷先生大声说，"我看到了他，我还跟他说话来着。他很正式地向我介绍他自己，'我叫乓先生。'他跟我说，非常地有礼貌，甚至他还鞠了一躬。"

"你在胡说八道！"乓反驳道。

"我说的是真的！乓先生是真实存在的，就像我们头顶闪烁的星星一样真实。"

"我本不想嘲笑您的，"乓说，"可我现在忍不住了！"他放声大笑，"哈，哈，哈！"

"我不知道你为什么笑得这么丑！"布谷先生说，"可我真的看到他了，他刚刚就在这里。"

乓严肃了起来："您见到他并不意味着他在这里。"

布谷先生深吸一口气，愤愤不平地说："我没有做梦！"

乓轻抚着布谷先生的手说道："您不要激动。您说乓在这里，我说乓不在这里，我们都是对的。他在这里，也不在这里。"

"我从来没有听过这种胡言乱语。"布谷先生很生气，"在这里，也不在这里，这谁能明白？"

"我明白。"乓温柔地说道，"您必须知道，在我的旅途中发生了一些事情。我必须把这些事告诉您，这样您才能了解在我和那个所谓的乓先生身上发生了什么。您别担心，我会尽量简短地讲。您肯定知道，您和我，还有报刊亭的女店员，以及其他所有人，都是由数十亿个小单位组成的。"

"数十亿个？"

"数十亿个。这些小单位叫作……"

"手指、脚趾、眼睛、耳朵、鼻子、嘴巴……"

"不是，不是！这些单位我们可用不到数十亿个。我所说的小单位是基本粒子。简单地说，我们每个人都是由数十亿个基本粒子聚集而成的。"

"我可不是！"布谷先生大喊。

"布谷先生，您也是。"

"我觉得'聚集'这个词不好，"布谷先生皱了皱鼻子说，"比'烤肠'糟糕多了！"

乓深吸了一口气说："糟糕，很糟糕，最糟糕，这都无所谓，我们现在讨论的不是这个，布谷先生。就像一幅画是由数

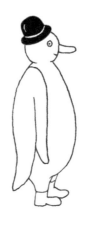

十亿个点组成的一样，我们也是由数十亿个基本粒子组成的。希望这样解释您能明白。"

"我没那么傻。"布谷先生说。

"那太好了。现在说重点。当我们要从一个星系去另一个星系时……"

"我还要从一个星系去另一个星系吗？"布谷先生吓了一跳。

"不是您！别担心，跟您没关系！"

"那我就放心了。"布谷先生松了一口气。

"星系间的旅行，"乒继续说，"不需要马车，不需要飞机，也不需要火箭。要进行星系旅行的人，需要把组成自己的数十亿个基本粒子转化为粒子云。"

"啊哈！"布谷先生说。

"啊哈？您为什么要说'啊哈'？"乒问。

"我说'啊哈'是因为我喜欢云。我在想我如果变成一朵

云会是什么样。"

"很好，"乓赞赏地点了点头，"您会是一位得力的助手的，布谷先生。"

"乓先生，你的意思是，我可以当你的助手？"布谷先生问。

"是这个意思。"乓友好地看着布谷先生，"您想成为我的助手吗？"

"想啊，很想。"布谷先生回答。

"那太好了，那我们继续说，您必须要理解所有的事情，我们在说基本粒子云。"

"这个我明白了。"布谷先生说。

"我们简单说，当我把您分解为基本粒子的时候，您就会成为基本粒子云，基本粒子之间的连接就会松动，就像是我们拧松机器上的螺丝一样。"

"我的螺丝你可不能拧松！"布谷先生大叫。

"亲爱的布谷先生，我没有要拧您的螺丝。"

"螺丝和云！乒先生，这已经够我消化一晚上的了。"

"我就快要说完了，还有几句。"乒伸出手指，"您猜猜为什么完成星系旅行要变成基本粒子云呢？"

"这个……"布谷先生支支吾吾。

"没错！"乒喊道，"这样就能利用星系间的能量风暴以及行星和恒星的引力在宇宙中穿行。"

"就像风和洋流带动帆船行驶一样。"

"天哪，布谷先生，和您共事真开心。"乒欣慰地说。

"那么，"布谷先生问，"这样的旅行危险吗？"

"非常危险。"乒边说边举起双手，似乎想要比画出宇宙的危险程度，"宇宙里有巨大的电磁场、剧烈的太阳风暴、可怕的恒星尘埃、成群的太空垃圾和其他恐怖的东西。基本粒子云

很脆弱。"

　　布谷先生抬头看着天空，现在天上到处都是星星。

　　"可你还是没有告诉我，为什么有乒而没有乓。"

　　"您了解了基本粒子云的原理，那么其他的事情就好理解了。我在来这里的旅途中遇到了一个巨大的电磁场。"

　　"那个时候你还是一朵云？"布谷先生问。

　　"当然是在我还是云的时候。当我利用仙女座星云和木星星云之间的引力做星际漂移时，我笔直地冲入了那个该死的力场。那个时候我的行驶速度非常快，大约每分钟四万公里。您要知道，云必须要以一定的角度驶入电磁场，要沿切线路线驶入。"。

　　"真有趣！"布谷先生说。

"到现在我也不知道，那个时候我怎么会没遵守这项星系旅行的基本规则。"乒说，"可能我在零点零零一秒内走神了吧。"

"你还是云？"

"在我还是云的时候。简单地说，我没有沿切线路线驶入，而是直直地冲了进去，就像是撞上了宇宙中的一堵墙。"

"听起来很疼。"布谷先生说着，把眼睛眯了起来。

"疼倒是不疼，布谷先生，云是感觉不到疼的。"

"接下来又发生了什么呢？"布谷先生在想象云撞上墙的场景。

"接下来就发生了最糟糕的事情：碰撞中产生了巨大的能量，受这些能量影响，基本粒子的数量翻了一倍。在这零点零零一秒内，每个粒子都产生了一个副本。这就是发生在我身上的情况。云里除了原本的基本粒子外，突然又多出了复制出来的基本粒子。在到达目的星球后，也就是到达您的地球后……"

"到达我的地球！"布谷先生严肃地说。

"是的，到达您的地球！在这里，原本的基本粒子和复制出来的基本粒子开始结合到一起，就好像搭积木一样，形成了本体和复制体，您理解了吗？"

"我正在努力去理解。"布谷先生说。

"努力！努力！"乒喊道，"您是我的助手，您必须理解。"

"如果我没理解错的话，乒先生是本体，乓先生是复制体！"

"太棒了！您理解得没错，"乒赞扬道，"完全正确！我是本体，乓先生是复制体。就是这样的！"

布谷先生望着缀满星星的天空，带着骄傲的语气说："我理解了。乓先生可以说是乒先生的二重身。"

"并不完全正确，但是如果这样能帮助您理解的话，您可以把乓先生叫作二重身。他只是而且永远都只会是我的复制体。"乒说，"还有什么其他问题吗，布谷先生？"

"没有其他问题了。"布谷先生小声说，"我都不敢想象如果我有一个二重身会怎样，那也太可怕了！我完全不能接受！世界上只能有一个我，我是不可分割的，不能有第二个我存在。"

乒拍了拍手："看来您理解我的问题了。"他跳进房间，说，"好了，我已经讲得够多了，讲述环节结束。哦，对了，雨伞和笔记本是不能被复制的。"

"雨伞和笔记本没有被分解成基本粒子吗？"布谷先生问。

"布谷先生，我想您是真的理解了！"乒得意地喊道，"雨伞和笔记本没有被分解。它们属于本体，也就是我。谁带着雨伞和笔记本，谁就是本体。只有一把雨伞和一个笔记本，而且，您也看到了，它们都在我这儿。"

第 十 章

混凝土搅拌机也可以用来做星系旅行。

时间窗口如果关闭，要10年以后才会再次开放。

偷伞贼在寻找红色的笔记本，

结果在寻找的过程中把雨伞也给弄丢了。

布谷先生说他会继续好好生活，

乓便安心地踏上了旅程。

"乓先生还找那个小本子来的。"布谷先生说。

"您看吧！"乓喊道，"他想成为本体，但是我才是本体。"

"他没找到小本子，但是他把雨伞拿走了！"

乓尖叫起来："雨伞！"

"他把伞从桶里拿了出来，然后就带走了。"

"布谷先生，您为什么现在才说？"

"乓先生，你刚刚滔滔不绝，我现在才有空说啊。"

"滔滔不绝，滔滔不绝！那家伙把我的伞偷走了！真是银河系级别的灾难！"乓哀号着。

布谷先生笑了起来："带着一把雨伞和一个小本子穿越星

系，这听起来好像给小孩子讲的童话故事！"

"请您不要嘲笑我！我知道这听起来有些幼稚，但是雨伞和笔记本是基本设备。我不需要火箭、发射台和地球上的人们想象的那些东西。"

"但是你需要冰箱！"

"冰箱很理想，其实混凝土搅拌机和移动厕所也是非常好的选择，但是您没有混凝土搅拌机和移动厕所，所以我只能用冰箱了。布谷先生，我需要您的帮助，您是我的助手。现在，我需要您集中注意力，今天是第四十天了！"

"乒先生也这么说过。"

乒跺着脚说道："等到第四十一天就来不及了。在第四十一天时，时间窗口会关闭，至少会关上十年！如果我错过了，我就永远都没有机会了！"

"永远？十年可不是永远。"布谷先生说，"你等到时间窗口再次开放不就好了？"

"要我等？要我在地球上等？"

时间窗口 → | 在第四十一天关闭

"在这里你也能生活得很好。你看看我，我都在这里生活了快七十年了。"

"六十多年了！"乒吓坏了，"我在这里待上一年都受不了。"

"这里有好多神奇的东西！有纸人和自动塞子！"

"还有酷暑和烤肠！"乒愤愤地哼了一声。

"哦，我还有一个问题要问……"布谷先生突然转过头去看着乒问道，"你到底为什么来这里？"

"我吗？"

"对，你！你为什么来这儿？"

"我为什么来这儿？"

"对，为什么？"

"您……呃……您带我来的啊。'好了，小可爱，我们得爬四层。'您对我说的，您忘了吗？"

"不是，不是，跟四层楼没关系。我的问题是，你为什么要来地球？为什么，乒先生，你为什么要来地球？听明白了吗？"

乒笑了起来："太棒了，布谷先生，您问了个关键的问题，非常关键的问题！"

"我知道你为什么来这里了，乒先生。"布谷先生突然说道。

"哦？是吗？您知道了？"乒尖叫起来，像是吓了一跳，"说来听听，我很好奇。"

"你是来完成间谍任务的。"布谷先生用食指轻轻敲了敲乒的鼻子，"你是来探察我们地球人是怎么生活的，对不对？"

"很遗憾，关于这个话题我没什么可说的。"乒用双手捂住了嘴巴。

布谷先生笑了起来："你很快就会跟飞马座大四边形上的人们讲，说布谷先生最喜欢吃烤肠。这的确是条有价值又有意思的新闻。"

"是跟飞马座大四边形边上的人们。"乒纠正道，"飞马座大四边形可大了，小溪星在飞马座大四边形的边上。"

"好吧，所以你会告诉飞马座大四边形边上的人们自动塞子到底是什么样子的，对吧？然后有一天，你会和你星球的居民们一起入侵地球，带他们看一看真正的自动塞子，对吧？"

"布谷先生，您看的报纸怕不是假的吧？"乒说着爬到了在阳台栏杆后面摇摇欲坠的一排花盆边上，他伸长脖子看向下面的街道，"时间飞逝，现在是第四十天了，如果真的没办法，我就只能做一次没有雨伞的旅行了。"

"对乓先生来说，今天也是第四十天。"布谷先生说，"如果你说的是真的的话，那么他现在随时可能现身。"

"您是觉得我在胡说八道吗？"乒很生气，他的鼻子变成了深红色。

"要我说的话……"布谷先生深吸了一口气，"事实也可能是完全相反的情况，可能你是复制体，乓才是本体！"

"布谷先生，相信我就那么难吗？我是本体，他是复制体。当然是先有乒，再有乓。"乒哀号道，"您怎么能不相信我！真是太让人绝望了。"

"别号了！"布谷先生靠过身来，"整条街道都能听到你的号叫！嘘，别出声！你听到了吗？"

乒屏住呼吸，仔细听着。

"是脚步声。你的复制体回来了！"

现在可以清晰地听到鞋跟发出的声音，是乓的脚步声——嗒，嗒，嗒，嗒。乒倚在阳台栏杆上，布谷先生紧紧抓着他，以免他掉下去。

"就是他。他来了！他还带着那把伞！"乒兴奋得浑身

颤抖。

布谷先生看到那个拿着红底白点雨伞的小家伙正朝楼门口走来："我就知道他得回来！"

乓浑身都在发抖："他想要那个笔记本。"

布谷先生说："而你想要那把伞。"

"这可不是一码事。"乓小声说。

乓在楼前停了下来，他顺着外墙往楼上看了看。

布谷先生和乓收回了身子。

嗒，嗒，嗒，嗒。现在，他们听到了打开楼门的声音。

乓还在颤抖："我很紧张！布谷先生，别让我失望，您可是我的助手！"

"你为什么在发抖？"布谷先生低声说，"如果你说的是真的的话，那乓先生应该都不存在。"

"我说的是真的！"乓仍在发抖，"请您不要提笔记本的事！我会在冰箱里等您。您把雨伞从他那里拿回来，然后就把他打发走。"

"你说得容易，我要怎么把伞拿回来？"

"您是我的助手，而且身强力壮，您可以做到的。"乓在冰箱前跳了三下。

这时，门铃响了。铃！铃！铃！

"他来了！"乓小声说。

布谷先生打开冰箱门，乒爬了进去，然后小声叮嘱道："别忘了把伞拿回来！"

铃！

铃！

铃！

布谷先生关上了冰箱门。门铃又响了起来，铃！铃！铃！

"等一下！等一下！"布谷先生喊道，"来了！"他的心已经跳到嗓子眼了，他踮着脚走到门口。

乒一边用伞敲着门一边按着门铃，铃！铃！铃！

布谷先生深吸了一口气，打开了公寓门，然后大声喊道："大半夜的，谁家着火了？"

乒靠着伞站着，露出了满意的微笑："晚……晚上好！"

"你是落了什么东西吗？"布谷先生的声音有一些微微的颤抖。

乒仍然保持着微笑："我可以进……进去吗？"

"你还来做什么？你知道现在几点了吗？"

"我想在这个美丽的夜晚为您唱……唱首歌。源头的水……水流啊，清澈又明亮。这首歌非常好听，您会喜……喜欢的。"

乒一下子跳进了门。

"嘿，你干什么？"布谷先生喊道，"我让你进来了吗？"

"您说……说我是骗人精，这让我很伤……伤心。"

"伤……伤心！"布谷先生学着他的样子说道，"你快回家去吧！"

"我没有家。"乓一边说一边激动地在布谷先生脚边跳来跳去，就像一个皮球一样，"您必须了解事情的真……真相，那个讨厌的乒告诉您的是错的，对您说谎……谎的人是他，我才是本体，他是复……复制体。"乓说着，用指尖顶着伞尖转起来，雨伞就在布谷先生面前晃来晃去，好像在跳舞一样，"我有才艺，他可没……没有。我才是真的，他是假……假的。"

"假的，真的，真的，假的。我对这些真真假假一点都不感兴趣，一点都不，你懂吗？现在快给我消失！把伞留下！"布谷先生以迅雷不及掩耳之势抢过雨伞，藏到了身后。

乓惊呆了，他愣住了，单腿在那里站了三秒钟才回过神来。他疯狂地围着布谷先生跳来跳去："我的伞！把伞还给我！我的伞！乒先生在撒……撒谎！"

"别喊了！"布谷先生大喊，把伞高高地举过头顶。

"你不能这……这样。"乓哭了起来，"快把伞还……还给我！"

布谷先生把小家伙推出了公寓。"差不多了，走吧，快走！"他责骂道，然后砰的一声把门关上了。屋子里一下子安

103

静了下来，布谷先生感觉到自己的心在怦怦跳着，听到从门后传来一阵呜呜的声音。

布谷先生通过猫眼往外看，发现兵正站在昏暗的楼梯间里哭，硕大的泪滴从他的眼里流下，落到地上。布谷先生听到兵在抱怨："您没有心……心！您是个没有心……心的人。我的命真是太苦……苦了。"

布谷先生喘着粗气。最后，兵终于离开了，门后的哭声越来越轻。布谷先生的膝盖不住地颤抖着，只能靠着墙支撑着自己。他做了几次深呼吸，然后小声嘟囔道："我没有心……这么说太不公平了，真的是太不公平了。"

布谷先生一步一步地走到了阳台上，他探身看着楼门口。一分钟后，兵跑出来了，嗒，嗒，嗒，他朝着火车站的方向跑远了。布谷先生感觉如鲠在喉，"没有心！他怎么能这么说，太伤人了！"他嘟囔道。

这时，乒在冰箱里叫道："嘿，您好？您还在吗？发生了什么？您快说话啊！"

布谷先生打开冰箱门，把伞藏在背后。乒躺在冰箱的上隔层，把双臂抱在胸前问："终于来了！还顺利吗？伞在哪里？天哪，伞在哪里？！"

"是啊，伞在哪里？"布谷先生一只手在背后攥着伞问道。

"布谷先生，我警告您，不要开这么愚蠢的玩笑！"

"我只开机智的玩笑。"布谷先生笑了笑，把雨伞拿了出来，说道，"乓先生很伤心。他说我没有心。"

"我都要哭了！"乓嘲讽地说道。

"他已经哭了，"布谷先生说，"他哭得很伤心！"

"这是他惯用的把戏了，"乓说道，"他是想让您产生恻隐之心。布谷先生，我们可不能被迷惑。布谷先生，请您把雨伞给我！"乓仔细地检查了一下雨伞，前前后后都看了一遍，把它打开然后再合上。

"雨伞没问题。我可以准备起程啦！但是，等一下，"乓非常缓慢地抬起手，用右手食指指着布谷先生的胸口问道，"在我走之前，我想知道，我走了以后您会做什么。"

"我会做什么？你真的关心这个吗？"

"当然了。"乓说，"您现在对我来说已经非常重要了。"

"我会像之前的每一天一样，"布谷先生回答，"从冰箱走到阳台，再从阳台走到冰箱，来来回回。十一点的时候，我会去买报纸，然后继续做每天的日常工作。"

乓笑了笑说："那我就放心了，就不用担心您了。"

"担心我？"布谷先生说，"你不用担心我。"

106

倒数第二章

情况十分紧急，时间窗口 ⊞→⊟ 即将关闭。

一个小家伙离开，另一个小家伙就要留下 ▭。

戴着凉爽帽子 ♟ 的<u>纸人</u> ⚇ 和绿色石油里的

石油神像一起打盹。

<u>乒</u>变成了粒子云 ☁ 。

<u>布谷先生</u>擦了擦冰箱，然后上床睡觉 🛏 。

乒看向厨房里的时钟，问："这个时间对吗？"

"就像自动塞子一样精准。"布谷先生说。

乒很兴奋地嚷道："太好了！现在来对一下时间！二十二，三十，二！布谷先生，您现在要集中注意力，时间窗口已经开放了，电话马上就会响起，请您把门关上，然后……"

"门已经关上了。"布谷先生打断了乒，"我还把钥匙转了三圈。"

"不，"乒喊道，"我说的是冰箱门！请您关上冰箱门，然后走到电话旁，拿起电话听筒，说出这句话……等一下……"乒坐了下来，从口袋里掏出红色的笔记本翻找起来，"我记在哪里来的？老是在紧急时刻找不到！啊！在这里！请您对着电话说出这句话……"

"对着电话说？"布谷先生问。

"真是个愚蠢的问题。不然还能是哪里呢？我要告诉您那句话了，请您记好！'戴着凉爽帽子的纸人和绿色石油里的石油神像一起打盹。'您记住了吗？"

"戴着凉爽帽子的纸人……呃……"

"请不要说'呃'！和绿色石油里的石油神像一起打盹！"

"和绿色石油里的石油神像一起打盹。"

"您可以说得再带点感情。"乒说，"这些词语都是有音调的，而且很动听，比如凉爽帽子、石油神像、绿色石油。"

布谷先生评论道："这句话里有很多'石油'。"

"这是好还是不好？"乒恼怒地问道。

"没什么好不好的，我只是注意到了这一点而已。"布谷先生回答，然后转头看向了电话。

"电话马上就要响了！"乒说，"您注意到的事情眼下已经不重要了。离别的时刻就要到来了。布谷先生，您难过吗？您看起来很沮丧。"

"我还是不禁会想到乓先生。"布谷先生喃喃地说。

"怎么又来了！"

"他说我没有心。"

"哦，天哪！"乓大喊，"我不想再跟您解释一遍了！只要我一离开，乓就会消失，绝对不会再出现，他只是一个复制体。您相信我就行了！"

"我放心不下。"布谷先生叹了口气，"你马上就要飞回小溪星了。"

"'飞'这个字用得不对。我已经向您解释过了，我会变成一朵云，以云的形态做星际漂移到飞马座大四边形……"

"准确地说是飞马座大四边形边上！"布谷先生补充道。

"非常准确。"乓肯定了他的说法，"飞马座大四边形边上！等我走了以后，您最好用湿抹布擦一下您的冰箱。"

这时，电话响了，布谷先生吓了一跳。

"布谷先生，电话响了！"

"我听到了。"

"您知道该怎么做了吧？"

"我要用湿抹布擦一下冰箱。"布谷先生嘟嘟囔囔地说。

电话又响了起来。

"您要等我走了以后再擦。"乓喊道，"祝您一切顺利，布谷先生。现在，请您关上门，然后去接电话！"

电话还在响着。

布谷先生喃喃地说："旅途愉快！"然后他小心翼翼地关上冰箱门，跑向电话，拿起听筒说道，"您好？"

乒在冰箱里大喊道："不对！不对！不对！只说我让您说的那句话！不要说'您好'这些乱七八糟的话！我们得从头开始。请您再打开一下冰箱门。"

布谷先生挂掉电话，打开冰箱门。冰箱里面发出了紫色的光。

乒大头朝下，用严厉的语气说："只说我让您说的句子！不要说别的！明白了吗？就是这样。关门！"

"简直是胡闹。"布谷先生嘀咕道。

这时，电话又响了起来，乒的声音从冰箱里传出来："快去接，然后说那句话！"

布谷先生拿起听筒，深吸了一口气，然后结结巴巴地说："戴着凉爽帽子的纸人和绿色石油里的石油神像一起打盹。"

说完，他挂断电话，重重地呼出一口气。

"简直是愚蠢。"他低声说，"然后呢？然后什么都没发生。"他短暂地停顿了一下，然后又说，"没有火花四溅，没有号角齐鸣，也没有锣鼓喧天。"

他走到阳台，望着夜空，深深地叹了口气："什么都没有！"

他拖着疲惫的脚步走到冰箱边，敲了敲冰箱门，小声叫道："乒先生？"

房间里一片寂静。

他又敲了敲门，还是什么声音都没听到。他打开了冰箱门。"他走了！"冰箱里除了一罐芥末、一瓶牛奶和一盒凝乳外，没有其他东西。

布谷先生拿了一块湿抹布，按照乓所说的，擦了擦冰箱。

然后他疲惫地走到阳台上，瘫坐在藤椅上。星光变得越来越微弱，烟囱旁边的小蓝点也消失了。现在，天已经快亮了，天际线已经露出了粉红色。"真是个漫长的夜晚！"布谷先生叹了口气，过了很久之后，他开口轻声说道，"布谷先生，你该去睡觉了。"

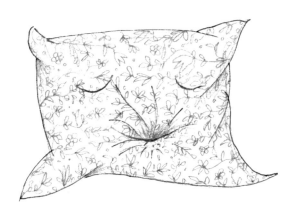

最后一章

女店员记错了日期。
口香糖货架前又站着一个黑白相间的小家伙，
但这次他没有拿笔记本和雨伞。
应布谷先生邀请，
小家伙站在阳台上清唱小溪星的颂歌。

第二天早上，布谷先生如往常一样，十一点左右的时候走进了老旧的火车站所在的街区。现在是八月二十日了，天气不像昨天那么热了。

布谷先生惊讶地发现，报刊亭的门是开着的。

女店员正在往货架上摆放新到的杂志。

布谷先生小心翼翼地走进报刊亭，轻轻敲了敲开着的门问道："您怎么在这儿，您不是应该在特内里费岛吗？"

女店员先是有一点点吃惊，然后大笑起来说："是啊是啊，哦，不对不对！我记错日期了，您能相信吗？我记早了一周，真的是太蠢了。我拉着行李箱站在通道里的时候又仔细看了一下我的票，才发现我整整早了一周，一周！唉，我还能怎么办呢？生活还是要继续。"

女店员走到布谷先生身边，举起手，指着报刊亭里的昏暗角落，小声问："他早上七点就在报刊亭门口了，怎么，你们相处得不是很愉快吗？"

布谷先生看向口香糖货架，当他的眼睛适应了昏暗后，他看到了一个大约半米高的黑白相间的小家伙正在朝他微笑。

布谷先生尴尬地跟他打了声招呼，然后对女店员说："他肯定是在找一个红色的笔记本。"

"您怎么知道？"女店员问。

布谷先生回答说："我就是知道。"

"还有我的雨……雨伞。"那个小家伙说，"红……红底白点……点的。"

"也许您能帮助他。"女店员说。

布谷先生往盘子里扔了一枚硬币。这一回，硬币没有像昨天那样在盘子里旋转。布谷先生拿起一份报纸，说："我昨天已经帮过忙了，今天不能再帮了。"

"您是……是帮了！帮……帮错人……人了！"小家伙都快要急哭了，结结巴巴地说，"真……真正需要您帮……帮的人您没……没帮！"

"对的人还是错的人，对我来说无所谓。"布谷先生有点生气了，"幸好今天已经凉快下来了，在这样的天气下，他就可以自己帮自己了。"

布谷先生把报纸塞进外套的口袋，拍了拍灰色帽子的帽檐表示告别，然后离开了报刊亭。他疲倦地走在嘈杂、肮脏的火车站大街上，过了一会儿，他在街角处停下来，喃喃自语："乓，乓。"他摸了摸自己的鼻子，抬起头来看着太阳，思考了一分钟，然后转身走回报刊亭。

布谷先生走进报刊亭，大声说道："乓乓乓，你可以来我公寓的阳台上。"说完他就笑了起来，因为他注意到这句话竟然押上了韵。

"乓乓乓？这是什么意思？您是疯了吗？"女店员问道。

布谷先生指着口香糖货架前的小家伙微笑着说道："他知道这是什么意思。"

小家伙灵活地从椅子上爬了下来，说道："您的意思是我可以……"

"你真是个聪明的小家伙。"布谷先生打断了他的话，"我就是这个意思，我给你做鱼吃，你指给我看飞马座大四边形。"

这是一个很长很长的夏天。每天晚上，布谷先生和乓都会坐在阳台上，呼吸着天竺葵的芬芳。他们就这样给彼此讲述着关于冰箱、吸尘器和企鹅的有趣故事。当城市的夜空格外晴朗

时，他们会抬起头，一起寻找飞马座大四边形。

"在那里！"布谷先生指着南方说。

"不是那里！"乓指向北边说。

有时候，在格外惬意的夜晚，布谷先生会说："乓先生，再给我唱一次那首歌吧，再唱一次。"

然后乓会友好地对布谷先生眨眨眼，叹口气，然后说："可惜没有管弦乐队给我伴奏。"

"没有管弦乐队也很好听。"布谷先生说，"唱吧！"

每次乓都会说："好吧，既然您……您都这么说……说了。"

然后，他就会站在花盆之间，像一位歌唱家一样引吭高歌，奉上这一首小溪星的颂歌：

> 源头的水流啊，清澈又明亮。
> 清澈又明亮是源头的水流啊。
> 源头的水流啊，清澈又明亮。
> 清澈又明亮是源头的水流啊。

乓的歌声优美而充满力量。他唱完后，布谷先生会献上热烈的掌声，并给予这位歌唱家最高的赞誉："你唱得和我奶奶一样！真的！和我奶奶唱得一模一样！"

源头的水流啊 ♫♪
♪♫♪ 清澈又明亮